크루아상 공부방

크루아상 공부방

가코야 게이이치 지음

지소연 옮김

빈 페이지

차례

제1화

샌드위치와 마법의 주문

빵집의 아침은 이르게 찾아오고 우리 '구로하 베이커리'의 아침은 자못 분주하다.

　손님이 기다리지 않도록 계산은 무조건 막힘없이 재빠르게 해치워야 한다. 하지만 어느 정도 익숙해졌다 해도 나는 아직 신참이다. 아버지의 가르침을 떠올리며 계속해서 손님을 맞이한다.

　손님이 쟁반을 내밀기 전, 아직 줄을 서 있을 때 미리 단가와 합계를 구해 둔다.

　"두 개에 420엔, 아, 아니 440엔이네요. 죄송합니다."

　계산할 때는 또렷하고 알아듣기 쉽게.

　"1,000엔 받았고 여기 거스름돈 56…… 560엔입니다."

말을 더듬어도 신경 쓰지 않고 물 흐르듯 매끄러운 동작으로 빵을 봉투에 담는다.

"아, 죄송합니다. 너무 큰 봉투에 담았네요."

정중하고도 신속하게 상품을 건네며 상큼한 미소로 호감도를 높인다. 손님이 다시 가게를 찾도록.

"감사합니다."

전직 공무원이라 그렇다는 말은 결국 핑계지만, 여전히 웃는 얼굴에는 자신이 없다. 어찌 되었든 실수해도 금방 털어내고, 피곤해도 내색하지 않고, 다음 손님을 맞이해야 한다.

"기다려 주셔서 감사합니다. 세 개 다 해서……"

"꺅!"

꺅?

여성의 짧은 비명에 이어 바닥을 때리는 요란한 소리가 울려 퍼졌다.

가게 안에 있던 모든 사람의 눈길이 일제히 소리가 난 쪽으로 쏠렸다. 그러나 원인은 대수롭지 않은 일로, 그저 한 손님이 쟁반을 떨어뜨린 듯했다. 빵도 바닥에 떨어져 있었다.

잠시만 기다려 달라고 양해를 구하고 그 손님에게 다가갔다. 이럴 때 직원이 한 명뿐이면 고생이 이만저만이 아니다.

그와 거의 동시에 "죄송합니다" 하는 작은 목소리가 들려왔다. 초등학생으로 보이는 여자아이가 황급히 가게를 떠나는 참이었다. 흔들리는 책가방을 유리 너머로 흘긋 바라보며 쟁반을 떨어뜨린 손님에게 말을 걸었다. 출근 전인 듯 말쑥하게 차려입은 마흔 언저리의 여성이었다.

"손님, 괜찮으세요?"

"아, 네. 죄송합니다. 빵을 떨어뜨렸네요."

"아뇨, 신경 쓰지 않으셔도 됩니다. 그보다 다친 데는 없으세요?"

"그건 괜찮지만……."

재빨리 떨어진 쟁반에 빵을 모두 주워 담았다. 일부 상품을 제외하면 개별 포장은 하지 않아서 아깝지만 폐기 처분하는 수밖에 없을 듯했다. 음식을 다루는 이상 어느 정도의 손실은 어쩔 수 없는 부분이다.

바닥에 떨어진 상품 중에는 샌드위치도 있었다. 샌드위치는 포장이 되어 있기는 하지만, 역시 바닥에 떨어진 상품을 판매할 수는 없다.

어, 하고 여성이 의아하다는 듯 목소리를 냈다.

"저는 샌드위치는 고르지 않았는데요."

"손님 쟁반에 있던 게 아니라는 말씀이세요?"

그렇다며 고개를 끄덕이더니 그녀는 유리 너머로 가게 밖을 내다보았다.

"아까 그 초등학생 아이가 저랑 부딪치는 바람에. 그래서 쟁반을 떨어뜨렸거든요. 샌드위치는 그 아이가 들고 있었을 지도 모르겠네요."

"아아, 아까 나간."

"떨어뜨렸으니 물어내라고 할 줄 알았나?"

그녀는 가게 밖을 바라보며 고개를 갸웃했다. 초등학생이라면 그렇게 착각할 수도 있겠지만, 나는 다른 가능성을 상상하고 있었다.

사태를 수습하고 계산대로 돌아간 뒤 가게 안의 묘한 분위기를 떨치듯이 부러 더 밝은 목소리와 표정으로 말했다.

"기다려 주셔서 감사합니다!"

평소처럼 적당히 수선스러운 분위기로 돌아오자 문득 좀 전에 아이가 달려 나갔던 가게 밖을 바라보았다. 가게 앞면은 대부분 유리로 되어 있지만, 물론 아이의 모습은 더 이상 보이지 않았고 주차장으로 쓰는 가게 앞 공터와 맞은편에 있는 작은 도로 그리고 주택들만 눈에 들어왔다.

이름 같은 자세한 건 모르지만, 나는 그 여자아이를 알고 있다.

2주 정도 전부터 가게에 모습을 드러내기 시작한 여자아이다. 초등학교 4학년쯤 되어 보였는데, 전직의 경험 덕에 이 추측에는 내 나름대로 자신이 있었다. 짧은 머리에 긴 눈매가 어쩐지 고집 센 인상을 주는 아이로, 늘 가장 붐비는 아침 시간대에 찾아오곤 했다. 아침, 그것도 등교 전이라 하기에는 너무 이른 시간에 초등학생이 혼자서 가게를 찾아오는 경우는 드물다 보니 아무래도 눈에 띄는 존재였다.

좀 전의 소동과는 상관없이, 초등학생이라는 점과도 관계없이, 요즘 가장 마음이 쓰이는 '손님'이기도 했다.

구로하 베이커리는 가나가와현에서도 미우라반도의 요코스카시와 이웃한, 아무리 애써도 도시라고는 할 수 없지만 그렇다고 논밭이 펼쳐진 시골도 아닌 마을의 주택가에 자리해 있다.

산과 바다가 가깝고 도시의 떠들썩함과는 거리가 멀어 마을에는 늘 느긋한 분위기가 흐른다. 끝없이 펼쳐지는 너른 하늘 아래, 가게 안은 늘 갓 구운 빵 냄새로 가득하다.

아침의 분주함이 한차례 가시고 겨우 한숨 돌릴 무렵 가게 밖에서 인기척이 느껴져 눈길을 돌렸다.

빵이 조르르 놓인 선반 너머, 반소매 티셔츠와 반바지 차림에 책가방을 멘 소년이 서 있었다. 눈이 마주치자 소년은 손을 살짝 흔들었다. 올봄에 초등학교 4학년이 된 아들 신지였다.

내가 답하듯 손을 들자 아이는 곧장 발길을 돌려 뛰어갔다. 매일 아침 등교하기 전의 일과이자 아침에 아들과 얼굴을 마주하는 유일한 시간이다.

빵을 만들려고 날이 채 밝기도 전에 일어나는 데다 그 후에도 일하느라 바빠 집에 돌아갈 겨를이 없다. 아들을 직접 깨워 주지 못하고 아침밥도 같이 먹지 못한다. 참 미안한 마음이다. 나도 똑같은 처지에서 자랐기에 아들의 쓸쓸함도 충분히 이해하지만, 이것만은 어찌할 도리가 없다.

뛰어가는 신지와 교대하듯 새로운 손님이 들어와 문에 달린 종이 맑게 울렸다. 거의 매일 이 시간에 찾아오는 단골손님인데, 그 노부인의 얼굴을 보니 자연스레 얼굴에 부드러운 미소가 지어졌다.

"어서 오세요. 늘 와 주셔서 감사합니다."

"나야말로 늘 맛 좋은 빵을 만들어 줘서 고맙지요. 이제 작은 사장님도 제법 가게와 잘 어울리는걸."

작은 사장님이라니요, 하며 작게 웃었다.

"벌써 두 달 됐으니까요. 제가 봐도 이 모습이 어느 정도 익숙해지지 않았나 싶어요."

유니폼인 조리복 윗도리를 집어서 살짝 들어 올렸다.

"처음부터 썩 잘 어울렸어요."

노부인은 그렇게 치켜세우고는 미소 지었다.

이곳 구로하 베이커리는 내가 초등학교에 들어갈 무렵 아버지인 구로하 고타로가 연 빵집으로, 말하자면 부모님의 가게인 셈이다.

나는 가게를 이을 생각이 없었고 부모님도 그러기를 바라지 않아서 대학을 졸업한 후에는 도쿄에서 일했다. 그러나 올해 4월 아들 신지를 데리고 고향인 이곳으로 돌아와서 늦게나마 아버지 밑에서 일을 하기 시작했다.

지금은 빵집 운영이라는 일을 하나부터 차근차근 배우는 입장이다. 빵 만드는 일은 아직 아버지에게 손만 보태는 수준이고 가게에서 손님을 상대하는 시간이 훨씬 길다.

"나같이 다 늙은 남자가 가게에 있는 것보다는 너처럼 상큼한 미남이 있어야 손님들도 더 좋아하겠지."

아버지는 그렇게 말했지만, 내 입장에서는 사람을 따로 구하고 빵 만들기에 좀 더 집중하고 싶은 마음이었다.

하지만 꼭두새벽부터 시작하는 재료 준비를 비롯해 빵집 일은 정말 체력 싸움이다. 나는 이제야 겨우 아침 시간대의 손님치레를 적어도 남이 보기에는 아무렇지 않아 보이는 얼굴로 해낼 수 있게 된 참이다. 체력도, 손님을 대하는 기술도, 아직 익혀야 할 것이 많다.

노부인은 '오늘은 무슨 빵으로 할까나?' 하는 듯한 표정으로 조르르 놓인 빵에 눈길을 주면서 다시 입을 열었다.

"3월까지는 초등학교 선생님이었잖아. 그럼 매일매일 정장 차림?"

"아, 아뇨. 정장은 행사가 있을 때나 학부모를 만날 때 이외에는 잘 안 입어서요. 저는 주로 폴로셔츠나 운동복을 많이 입었어요."

"하긴, 듣고 보니 확실히 그러네."

노부인은 오른손에 든 집게를 찰카당찰카당 부딪치며 기억을 떠올리듯 허공을 올려다보았다. 이렇게 가게에서 잡담을 주고받는 사이가 되었지만, 그녀의 가정 환경에 대해서는 전혀 알지 못한다. 그래서 지금 떠올리는 것이 자신의 어린 시절인지, 혹은 자녀의 학창 시절인지, 아니면 손주인지 알 수 없다.

교사로 일할 적에는 아이의 가정 환경을 파악하는 것도 업무 가운데 하나였다. 하지만 지금은 아무리 단골이라 해도 잡담을 나눌 때 사생활을 어디까지 파고들어도 되는지 여전히 더듬더듬 선을 찾는 중이다.

평일에는 아침 시간이 지나고 나면 손님의 발길도 뜸해져서 안쪽 주방에서 일을 돕거나 아버지와 번갈아 휴식을 취한다. 그런 다음 평소와 다름없이 손님이 쏟아져 들어오는 점심시간이 지나가고 다시 한가로운 오후를 맞이한다. 오가는 손님도 없어서 안에서 샌드위치 포장 작업을 하는데, 일을 얼추 마무리한 아버지가 기지개를 켜며 다가왔다.

"도와줄까?"

"괜찮아요. 아버지도 오늘 거의 못 쉬셨잖아요."

"그러냐. 그럼 맡기마." 아버지는 동그란 의자에 앉아서 잘 못 만들어 팔 수 없게 된 빵을 베어 물었다. "솜씨도 제법 좋아졌어. 이제 나보다 더 잘하는데."

"포장만 잘해서 뭐 해요."

"아냐, 아냐. 이것도 빵집의 중요한 일이니까."

"그건 그렇지만. 원래 거의 엄마 혼자 하던 작업이잖아요."

"들켰구먼."

하하하, 하고 아버지는 그야말로 호탕하게 너털웃음을 터뜨렸다.

작업을 계속하다가 아버지에게 할 말이 있었다는 사실을 문득 떠올렸다.

"아버지한테 말씀 드릴, 아니 상의하고 싶은 일이 있어요."

"뭔데?"

"요즘 누가 자꾸 샌드위치를 훔쳐 가잖아요."

"아아······." 아버지는 찡그린 표정으로 고개를 끄덕였다. "아마 아침에 슬쩍하는 것 같다고 했지."

처음 알아챈 건 열흘쯤 전이었다. 판매된 실제 수량과 남은 빵의 개수가 맞지 않으니 금방 알 수 있었다. 그다음부터 샌드위치 판매대를 주의 깊게 살핀 결과, 아무래도 아침 시간대에 훔쳐 가는 것 같다는 점까지는 파악했다.

"네. 그 일 말인데요. 아마……" 그때 주방에 설치된 카메라 영상에 가게 문이 움직이는 모습이 보였다. "손님 왔나 봐요. 이야기는 나중에 할게요."

재빠르게 하다 만 작업을 마치고 매장으로 돌아갔지만, 목구멍까지 올라왔던 "어서 오세요"는 그대로 삼켜 버렸다. 손님이 아니었기 때문이다.

"아빠, 나 왔어."

"어, 어서 와. 무슨 일이야?"

아들 신지였다. 벌써 시간이 그렇게 됐나 하고 시계를 슬쩍 보고서 별일이라고 생각했다. 분명 학교가 끝날 무렵이기는 하지만, 평소에는 굳이 가게에 얼굴을 비치지는 않기 때문이다.

"그게, 친구를 데려왔는데 집에 같이 들어가도 되지?"

4월에 이사를 온 뒤 아들이 집에 친구를 데려온 건 처음이어서 조금 기뻤다.

"물론이지. 전혀 상관없어."

"그래서 말인데, 간식 같은 거 있을까? 생명의 은인이거든."

"생명의 은인?" 초등학생은 하는 말 하나하나가 거창하기 그지없다. "악당한테 붙잡힐 뻔했는데 구해 준 거야?"

"그런 일이 있을 리 없잖아. 무슨 애니메이션도 아니고." 신지는 언짢은 듯 눈을 흘겼다. 이야기에 맞장구를 치면 또 이런 반응이다. "아무튼 그렇게 됐으니까 챙겨 주라."

신지는 얼굴 앞에 손을 맞대고 절하듯 고개를 숙였다.

"알았어, 알았어. 뭐, 대단하지는 않겠지만 맛있는 거 갖다줄게."

"아싸!"

신지는 신이 난 채 가게를 나섰다. 가게 앞에서 기다리고 있었는지 친구의 모습이 유리 너머로 언뜻 보였다. 전체적으로 통통해 보이는 그 남자아이는 신지와 함께 가게에서 멀어졌다. 가게는 단층 건물이고 집은 옆에 따로 있다.

주방으로 돌아가 아버지에게 사정을 설명하자 곧장 흔쾌히 허락해 주었다.

"그래. 당분간 그리 바쁘지도 않을 테니 좀 천천히 있다와. ……아, 이걸 가져가면 어떠냐?"

그리고는 갓 구운 머핀을 가져왔다.

머핀은 빵 반죽으로 만드는 잉글리시 머핀과 컵케이크 모양으로 굽는 과자가 있는데, 우리 가게에서 다루는 머핀은 후자다. 이거라면 간식으로 손색이 없다.

머핀을 가지고 집으로 가서 노크를 하고 신지의 방으로 들어갔다. 둘은 특별히 하는 일 없이 이야기에 열을 올리고 있었던 모양이다. 어른이 등장하자 조금 어색한 듯 동그란 얼굴을 가볍게 까딱여 인사한 소년에게 되도록 신경을 쓰지 않도록 스스럼없는 태도로 말을 걸었다.

"어서 와. 이거 우리 가게에서 파는 머핀인데, 괜찮으면 먹어 봐."

아이는 예의 바르게 "감사합니다" 하며 고개를 숙였다. 초등학교 4학년치고는 어른스러운 인상이었다. 이름은 이다 류노스케라고 했다.

이름을 알려 준 뒤 내 가슴팍을 보고서 아이는 눈을 가늘게 뜨며 의아한 표정을 지었다. 그러고는 얼굴을 그대로 신지에게 돌리고 물었다.

"네 성이 '구로하'라고 했지?"

"맞아. 검은 날개라고 써서 구로하黑羽."

그제야 겨우 아이가 의아한 표정을 지은 이유를 알아차렸다.

"아아, 이거 말이구나." 가슴에 달린 이름표를 집어 올렸다. 허리에 둘렀던 앞치마는 풀었지만, 여전히 유니폼 차림이어서 이름표가 붙어 있었다. "이건 성이 아니라 이름이거든. '산고'라고 읽지. 원래는 성을 쓰기 마련인데, 그렇게 하면 우리 가게는 전부 '구로하' 투성이니까."

"이상한 이름이지?" 어쩐지 기분이 좋아 보이는 신지가 몸을 앞으로 내밀며 말했다. "왜 이런 이름이 붙었을 것 같아?"

자기 부모님을 두고 '이상한 이름'이라니 너무하다고 생각하지만, 나 스스로도 이야깃거리로 삼을 정도니 특이한 이름이라는 건 부정할 수 없다.

"왜냐고? 음, 부모님이 산고양이를 좋아하셨나?"

"땡! 힌트는 말이야, 이름 전체야. 구로하 산고."

"어? 구로하, 산고……?"

류노스케는 고개를 갸우뚱했다.

"두 번째 힌트. 우리 가게."

"으음, 빵집이지. 구로하산고…… 앗!" 그러다 뭔가 깨달은 표정으로 나를 힐끔 보고서 신지에게 눈길을 돌렸다. "혹시 크루아상*, 인가?"

"정답!"

류노스케는 정답을 말하면서도 믿기지 않는다는 표정으로 다시 나를 쳐다보더니 겸연쩍은 듯 다시 시선을 돌렸다. 나도 오래전부터 이름을 이야깃거리로 삼아온 터라 지금은 아무렇지도 않았지만, 이런 상황에서는 쓴웃음이라 할 표정을 지을 수밖에 없었다.

아버지는 대학 시절부터 둘째가라면 서러울 정도로 빵을

---

* 크루아상의 일본어 발음은 '쿠로왓산'에 가깝다.

좋아해서 전국의 유명한 빵을 모조리 찾아다녔다고 한다. 하지만 취미와 직업은 별개라는 생각에 빵은커녕 요리나 식품과는 전혀 관계없는 업종의 회사원이 되었고, 회사에서 만난 어머니와 결혼해 외동아들인 나를 얻었다.

그때도 빵을 향한 사랑은 여전했기에—나중에 회사를 떠나 빵집까지 차리게 되지만— '크루아상'을 본떠 '산고'라고 내 이름을 지었다. 아버지 일생일대의 말장난이었다. 다만 어머니에게는 사실을 말하지 않다가 시간이 조금 지난 뒤에 털어놓았다고 한다.

만약 처음에 말장난이라는 이야기를 들었다면 반대했을 거냐고 어머니에게 물은 적이 있다. "당연하지!"라는 대답이 곧장 튀어나왔다. 하지만 "동기는 불순하지만, 결과적으로 좋은 이름이라고 생각해"라는 말도 잊지 않고 덧붙였다. 나도 아버지의 그런 장난기가 싫지 않았고 학창 시절에도, 교사가 되어 새로운 반을 맡았을 때도, 꼭 이름에 관한 이야기로 자기소개를 했다.

"그런 건 이제 됐고!" 신지가 목소리를 높였다. 자기가 먼저 아버지 이름을 가지고 놀렸으면서 '그런 거'라니. "아빠, 있잖아. 류노스케 정말 대단했다니까."

"아아, 아까 말한 생명의 은인이라는 거 말이야?"

"그건 조금 과장이긴 하지만, 진짜 내 은인이야."

"아니, 그렇게 대단한 일은 아니라니까."

류노스케는 난처한 표정으로 손을 휘휘 저었지만, 신지는 아랑곳없이 몸을 내밀며 말했다.

"류노스케는 명탐정이야. 엄청난 추리로 나를 위기에서 구해 줬거든."

불쑥 궁금증이 솟아서 눌러앉아 본격적으로 이야기를 듣고 싶어졌다.

이야기를 들어 보니 아이들의 반에서 작은 도난 사건이 벌어졌던 모양이다.

한 여자아이가 교실 책상 안에 리코더를 넣어두고 깜빡해서 나중에 찾으러 갔는데 리코더가 보이지 않았다. 운 나쁘게 그보다 조금 앞서 신지도 두고 온 물건을 찾으러 교실에 와 있었고, 그 때문에 범인으로 의심받게 되었다.

리코더는 다음 날 조례 시간 교탁 안에서 발견되었지만, 신지가 유력한 용의자라는 점은 변함이 없었다. 그때 류노스케는 '신지가 리코더를 훔칠 수 있었다 해도 교탁 안에 숨기는 건 불가능하다'는 사실을 논리적인 추리로 증명해 보였다고 한다.

어른의 눈에는 트집으로밖에 보이지 않는 의심이었지만, 논리적으로 반박하기란 쉽지 않은 일이다. 조용하고 차분해 보이지만, 아주 똘똘한 소년이라고 감탄했다.

"이다는 정말 대단하구나. 나도 감사 인사를 해야겠는걸. 신지를 구해 줘서 정말 고맙다."

류노스케는 아니라며 부끄러운 듯 손을 내저었다.

"제가 설명하지 않았더라도 신지가 결백하다는 건 금방 밝혀졌을 거예요."

"그래도 대단한 건 사실이야. 추리력뿐만 아니라 반박해 준 용기도 대단하다고 생각해."

"가, 감사합니다."

류노스케는 쑥스러운 듯 고개를 숙였다.

"그럼 리코더를 교탁에 숨긴 사람은 찾았니?"

"으음, 어제 수업이 끝난 뒤에 교탁 위에 놓여 있었나 봐요. 청소할 때 방해가 된다고 교탁 서랍에 집어넣은 사람은 찾았어요. 그런데 결국 누가 리코더를 교탁에 올려놨는지는……."

어쩌다 책상 서랍에서 굴러떨어졌는데, 누군가 친절하게 주워서 교탁 위에 올려 둔 건가.

"추측이지만……." 류노스케가 말을 이었다. "리코더 주인인 아이가 교탁에 올려 두었다가 깜빡하고 돌아간 게 아닐까 싶어요. 자기는 책상 안에 넣어 두었다고 철석같이 믿은 거죠. 나중에 생각났지만, 그때는 이미 말을 꺼낼 수 없는 상태였던 게 아닐까요."

류노스케의 추리는 납득이 가는 이야기였다. 도난 사건으로 일이 잔뜩 커진 마당에 뒤늦게 자신의 착각이었다고 말하기는 어려울 것이다.

"그렇다면 진상을 파헤치는 건 융통성 없는 짓이겠구나……. 자, 자, 사양하지 말고 들어. 우리 집만의 레시피로 구운 건데 제법 인기가 많거든."

"그럼 나도 하나 더 먹어야지."

신지가 손을 뻗었다.

"어, 신지는 하나만이야. 배불러서 저녁 못 먹는다."

불만스러운 듯 투덜대는 아들을 무시하고 류노스케에게 물었다.

"미스터리나 추리 소설 같은 거 좋아하니?"

"어, 그게, 책은 별로 안 읽어서요."

"그럼 《소년탐정 김전일》이나 코난 같은 거?"

"아, 네. 만화책은 안 보지만 애니메이션은 봐요. 하지만 그보다는 미스터리 관련 영화나 추리 드라마가 더 좋아요. 오래된 것도 곧잘 보고요. 요코미조 세이시*의 작품이라든지, 『후루하타 닌자부로』**를 특히 좋아해요."

---

* 일본의 유명한 본격 추리 소설 작가로 대표작은 탐정 긴다이치 코스케가 등장하는 탐정 소설 시리즈다.
** 1994년 방영을 시작한 일본의 추리 드라마 시리즈.

"오, 『후루하타 닌자부로』 참 재미있지. 나도 좋아해. 첫 번째 시즌부터 봤니?"

"네, 전부 다요."

류노스케의 얼굴에 몽실몽실 떠오른 미소에서 좋아하는 마음이 숨김없이 넘쳐흘렀다.

"그 프로 장기 기사가 나오는 에피소드가 참 좋았지. 무척 인상 깊었어."

설마 아들의 같은 반 친구와 『후루하타 닌자부로』 이야기를 하게 될 줄은 생각지도 못한 데다 소설이나 만화가 아니라 추리 드라마를 좋아한다는 점도 의외였다. 지금은 오래된 작품도 스트리밍 서비스로 쉽게 볼 수 있으니 역시 요즘 아이답기는 하다. 하기야 젊은이들이 독서를 기피한다는 말은 내가 아직 어린아이였던 시절에 더 자주 나왔던 듯하다.

고타로, 산고, 신지. 3대가. 그것도 남자 셋만 모여 사는 구로하 집안의 요리 담당은 바로 나다.

도쿄에서 아내와 함께 생활할 때부터 요리는 모두 내 몫이었기에 그런대로 익숙하다. 하지만 그때보다 시간을 좀 더 들일 수 있게 된 데다 상차림 가짓수를 늘려야겠다는 생각이

들어서 장사뿐만 아니라 요리도 한참 공부 중이다.

직업상 역시 빵을 먹을 때가 많다 보니 저녁은 되도록 밀가루가 들어가지 않은 음식을 만들려고 노력한다. 두 사람 모두 어떤 음식이든 꽤 잘 먹지만, 역시 신지에게 맞추는 때가 많다. 아버지는 이제 막 60대에 접어든 참이고 초등학생이 좋아할 법한 음식도 맛있게 먹어 줘서 수고를 덜었다. 예전부터 어린아이 같은 성격이어서 그런가.

오늘은 특히 자신 있는 요리 중 하나이자 신지도 아버지도 좋아하는 닭튀김이다. 밑간은 간장, 미림, 생강 같은 기본적인 재료들이 전부이지만, 냉장고 안에서 시간을 들여 충분히 재워두는 것이 내 스타일이다. 속은 촉촉하고 겉은 바삭바삭하게 튀긴다.

빵집은 저녁 여섯 시에 문을 닫지만, 나는 저녁 준비를 위해 조금 일찍 일을 마칠 때가 많다. 아버지가 가게 문을 닫고 집으로 돌아와 어머니의 불단에 선향을 피우고 나면 구로하 집안의 저녁 식사가 시작된다.

다 같이 입을 모아 "잘 먹겠습니다!"라고 말하자마자 기다렸다는 듯이 아버지의 밝은 목소리가 울려 퍼졌다.

"신지! 오늘 학교에서 터무니없는 일을 당했다면서."

"아빠한테 들었구나. 설명했어?"

신지는 곧장 닭튀김을 베어 물며 이쪽으로 눈을 돌렸다.

"아니. 본인한테 직접 듣는 편이 좋을 것 같아서 자세히는 말 안 했어."

"아빠가 말해 줘."

"아냐, 아냐. 이런 건 본인이 이야기해야 현장감이 있어서 좋거든."

"그래, 그래. 할아버지한테도 들려주라."

"예, 예. 알겠습니다요."

신지는 학교에서 누명을 썼다가 류노스케가 멋들어진 추리로 구해 줬다는 이야기를 반복했다. 두 번째라서 그런지 말끔히 정리되어서 이해하기 쉬운 이야기가 되었다.

이야기가 끝나자 아버지는 몹시 감탄한 표정으로 몇 번이고 고개를 끄덕였다.

"그 류노스케라는 아이는 참 대단하구나. 소년 탐정단 같은걸."

"아아, 코난*에 나오는?"

"코난 도일 말고. 에도가와 란포** 말이다."

신지는 이상하다는 듯한 표정으로 고개를 갸우뚱하고 나

---

* 만화 《명탐정 코난》. 주인공 '에도가와 코난'과 친구들로 이루어진 소년 탐정단이 등장한다.
** 일본을 대표하는 추리 소설가로 〈소년 탐정〉 시리즈 등 다양한 장르의 소설을 남겼다.

는 키득키득 웃었다. 대화가 보기 좋게 엇갈리고 있었다.

두 사람의 오해가 풀리지 않은 채 식사는 끝이 났고 신지가 한발 앞서 목욕을 하러 욕실에 들어갔다. 차를 호로록거리며 멍하니 텔레비전을 보는 아버지에게 말을 걸었다.

"아버지, 낮에 하던 이야기 지금 해도 괜찮아요?"

"하던 이야기?"

"샌드위치 도둑 이야기요."

"아아, 그러고 보니 뭔가 말하려다가 못 했었지."

결국 그 후 차분히 이야기를 나눌 시간이 없었다.

"2주쯤 전부터 이른 아침 시간에 혼자 가게에 오는 초등학생 여자아이가 있어요. 4학년 정도 되는 아이."

아침에 계산대 앞에 서는 것은 내 담당이니 아버지는 본 적이 없을 것이다. 평범하게 말해도 욕실까지 들릴 리는 없겠지만, 혹여 누군가 들을세라 아주 작은 소리로 말하게 되었다.

"샌드위치를 슬쩍하는 건 아마, 그 아이 같아요."

아버지의 눈썹이 순식간에 찌푸려졌다.

상품의 특성상 빵집은 다른 소매업계에 비해 절도 피해가 많지는 않을 것이다. 상품 대부분이 따로 포장되어 있지 않기도 하고 가격대를 환산하기 힘들다는 점도 큰 요인이다. 하지만 아예 없는 것은 아니기에 가게를 운영하는 사람 입장에는 기피할 범죄라는 점은 틀림없었다.

고뇌 섞인 찡그린 얼굴로 아버지가 물었다.

"'아마'라는 건 직접 보지는 못했다는 뜻이구나."

"그렇긴 하지만 여러 정황을 보면 거의 틀림없다고 봐요. 얼마 전부터 좀 이상하다 싶어서 눈여겨보고 있었거든요."

일을 시작한 지는 아직 얼마 되지 않았지만, 수상한 손님은 신기할 정도로 눈에 잘 보이는 법이다. 행동 하나하나에서 말로 표현할 수는 없지만 뭔가 부자연스러움이 묻어난다.

처음부터 그 여자아이를 의심한 건 아니지만, 샌드위치를 도난당했다는 사실을 알아챈 뒤로 그 아이에게서 수상한 낌새를 느끼게 되었다. 그리고 며칠 전 여자아이가 자리를 뜬 후 샌드위치가 하나 줄어들었음을 깨달았다. 물론 그 아이는 사지 않았다. 가게 안에 샌드위치를 손에 든 손님이 없었다는 점도 이미 확인했다.

이런 사실과 더불어 오늘 아침에 일어난 소동도 아버지에게 전했다.

여자아이와 여자 손님이 부딪쳐 쟁반이 바닥에 떨어진 것. 바닥에 떨어진 상품 가운데 손님이 고르지 않은 샌드위치가 섞여 있었던 것.

"그 샌드위치는 여자아이가 들고 있었던 것 같아요. 그런데 훔치기 전에 다른 손님과 부딪치는 바람에 떨어뜨린 거죠."

아이는 책가방 외에 보조 가방도 손에 들고 있었다. 그 안에 넣으려던 게 아니었을까.

"그 아이는 결국 아무것도 사지 않고 바로 가게를 떠났어요. 다시 샌드위치를 집어서 슬쩍할 수는 없었겠죠. 그만큼 눈에 뜨여 버렸으니. 어쩌면 샌드위치를 살 돈이 없었을지도 몰라요. 그래서 도망칠 수밖에 없었고."

추측한 내용을 한 번에 늘어놓자 아버지는 흐음 하고 소리를 내며 팔짱을 꼈다.

"이야기를 들어 보니 아마 네 말이 맞을 것 같구나. 하지만 확실한 상황은 아니고 증거도 없으니. 감시 카메라 같은 건 질색인데 말이다……."

아버지는 난처한 듯 얼굴을 찡그렸다.

가게 안에는 안쪽 주방에 있어도 손님이 오면 알 수 있도록 카메라를 설치해 두었다. 하지만 범죄 예방 목적이 아니다 보니 녹화는 하지 않는다. 만약 정말 방범을 위해 감시 카메라를 설치한다면, 사각지대가 없도록 여러 대의 카메라를 두고 녹화 장치도 설치해야 한다. 비용이 제법 많이 들 터였다.

하지만 아버지가 망설이는 이유는 손님을 의심하는 듯한 일은 하고 싶지 않아서였다.

여기저기 카메라가 있으면 어쩔 수 없이 손님 눈에 띌 테고 범죄를 예방하려면 오히려 카메라를 두드러지게 만들 필요가 있다. 하지만 대다수는 선량하고 정직한 손님들이다. 우리처럼 지역에 뿌리내린 작은 가게에서 분위기를 흐리는 일은 하고 싶지 않다고 아버지는 말하곤 했다.

"전에도 말했지만, 방범 카메라 설치는 저도 반대예요. 비용을 들인 만큼 효과가 크게 나타날 것 같지도 않고요."

"제법 옳은 소리를 하는구나. 한데 그럼 어찌 해야 하나. 그냥 놔둘 수는 없잖냐. 무엇보다 그 아이 본인한테도 좋지 않을 테고."

"제 말이 그 말이에요." 그대로 방치하면 도둑질에 맛을 들여서 앞으로 더 큰 범죄에 손을 댈지도 모른다. 그건 그 아이에게도 불행한 일이다. "만약 또렷한 증거를 잡는다면 아버지는 어떻게 할 생각이에요? 경찰에 넘겨요?"

복잡하게 일그러진 얼굴로 아버지는 희끗희끗 센 머리를 쓸어 넘겼다.

"초등학교 4학년이랬나?"

"겉모습만 보고 판단한 거지만, 크게 다르지 않을 거예요."

"초등학생이든 뭐든 좀도둑을 쉽게 봐주는 건 좋지 않다고 생각해. 그렇게 생각은 하는데 말이다, 그렇다고 인정사정 없이 경찰에 끌고 가는 건 좀……. 그 점에 대해 선생으로서는 어떻게 생각해?"

"전직 선생이죠. 저도 같은 의견이에요. 우선은 사정을 들어 봐야 한다고 봐요. 나이에 따라 대응 방식을 바꾸는 게 나쁘다고는 생각하지 않아요."

"그 부분은 네가 더 잘할 테니 맡겨 두마. 하지만 어찌 됐든 증거도 없이 붙잡을 수는 없지 않냐. 증거 영상이 없으면 현행범이 아니라니 말이다. 할 수 있겠어?"

"일단 생각해 둔 방법은 있어요. 제대로 될지 어떨지도 모르고 부담은 좀 되겠지만요. 주로 아버지한테 말이에요."

그때 욕실 쪽에서 소리가 나서 순간 몸이 굳어졌지만, 역시 목욕을 마치고 나오기에는 이른 시간이었다.

용의자인 여자아이는 어쩌면 신지와 같은 학교, 거기다 같은 반일지도 모른다. 만에 하나라도 이 이야기가 아들의 귀에 들어가게 할 수는 없었다.

영업 중인 가게를 밖에서 바라보는 건 묘한 기분이었다.

손님들로 북적이는 가게 안에서는 아버지가 계산대에 서서 연신 웃고 있었다. 나는 오랜만에 와이셔츠에 넥타이 차림으로 가게 부지에서 조금 떨어진 곳에 서 있었다.

스마트폰을 들여다보는 척 때때로 새카만 화면 위로 손가락을 움직이며 아무렇지 않은 듯 감시를 이어갔다. 조금 여유를 두고 대기하기는 했지만, 기다린다 해도 기껏해야 5분 정도일 거라고 생각했다. 10분 기다려도 오지 않으면 포기하고 일을 하러 돌아갈 생각이었다.

그때였다. "왔다." 입 안으로 작게 중얼거렸다. 일전에 본 그 여자아이였다.

평소와 같은 시간. 아이가 가게로 들어가는 모습을 확인하고 자연스럽게 장소를 옮겼다. 유리 너머로 가게 안이 들여다보이는, 그러면서도 눈에 띄지 않는 곳으로.

빵을 훔칠 때는 가게 안의 눈을 신중하게 살필 터였다. 점원뿐만 아니라 다른 손님의 시선도 말이다. 하지만 가게 안에 있는 사람들의 눈은 피할지언정 바깥에서는 유리창 너머로 보이기 마련이다. 게다가 유리창이라 해도 창문에는 글자가 적혀 있고 사이사이 빵 선반이 놓여 있어서 바깥 시선까지는 신경 쓰지 못하리라.

유일한 걱정은 그런 소동을 일으킨 뒤에도 그 아이가 다시 가게를 찾아올까 하는 점이었다. 그래서 상태를 살피기로 했는데, 이틀째 되는 날 가게에 와서 자그마한 크기의 저렴한 빵을 하나 사서 돌아갔다. 그날 도둑맞은 빵은 없었지만, 우선 상황을 살피러 온 걸지도 몰랐다. 다음에 가게를 찾아왔을 때 다시 도둑질을 할 가능성이 높아 보였다.

그래서 다음 날인 오늘, 밖에서 망을 보며 기다리기로 한 것이다.

내 생각이 보기 좋게 적중한 듯했다.

여자아이는 가게 구석에서 바깥을 향해 서서 왼손에 들고 있던 보조 가방에 샌드위치를 재빨리 집어넣었다. 이쪽은 조금도 눈치채지 못한 듯했다. 아무것도 사지 않고 나가기보다는 덜 수상하게 여길 거라고 생각했는지, 어제와 다름없이 작은 빵을 하나 사서 가게를 나섰다.

영락없는 도둑질에 화보다는 안타까움과 슬픔이 솟아났다.

가게 부지를 떠나 거리로 나온 아이가 잔달음질로 뛰어가려 하기에 황급히 말을 걸었다.

"잠깐 기다려!"

움찔 어깨를 떨며 멈춰 서더니 여자아이가 획 뒤를 돌아보았다. 아이의 눈에는 공포와 불안의 빛이 서려 있었지만, 순식간에 공격적인 표정으로 변해 이쪽을 노려보았다.

"뭐예요?"

초등학생 여자아이치고는 낮은 음성에다 조금 잠겨 있기도 해서 목소리가 참 멋있네,라는 것이 첫인상이었다. 나는 어른의 여유를 입가에 띠고 가슴도 살짝 폈다.

"저기 구로하 베이커리에서 일하는 사람이야. 매일 아침 계산대에 서 있는데, 기억하지? 요즘 자주 와 줘서 고마워. 그런데 오늘은 계산하지 않고 가방에 넣은 물건이 있는 것 같아서. 오늘도,라고 해야 하나?"

아주 잠시 바닥으로 시선을 떨어뜨렸다가 다시 나를 노려보는 아이의 두 눈에는 조금 전보다 더한 위압감이 있었다. 어른인데도 기가 죽을 것 같았다.

"괜한 트집 잡지 마세요. 사람을 부를 거예요."

"사람을 부르면 난처한 건 오히려 네 쪽이 아닐까? 훔치는 모습은 가게 밖에서 확인했어. 그 보조 가방 안에 계산하지 않은 샌드위치가 들어 있지. 보여 주지 않을래?"

아이에게 닿으려는 의도 없이 그저 재촉하듯 손을 앞으로 내밀었다. 그럼에도 불구하고 아이는 자신의 몸을 두 팔로 감싸고 무섭다는 듯이 뒤로 물러나며 크게 소리쳤다.

"이러지 마세요! 뭐 하는 거예요!"

예상외로 성가신 상대라고 생각하는 사이 여자아이는 눈 앞에서 "꺅!" 하고 비명을 지르더니 엉덩방아를 찧었다. 지금 분명히 혼자서 넘어졌지?

그다음 여자아이는 책가방의 어깨끈으로 손을 뻗었다.

"어?"

요란스러운 소리가 아침의 주택가에 울려 퍼졌다. 책가방에 달려 있던 방범용 경보기의 핀을 뽑은 것이다.

아니, 아니, 아니! 정말 이러기야?

운 나쁘게도 마침 50대로 보이는 양복 차림의 남성이 근처를 지나가다가 이쪽을 보더니 험악한 표정으로 성큼성큼 다가왔다.

"거기 자네! 지금 뭐 하는 거지?"

더욱 운 나쁘게도 정의감이 투철한 사람이었다. 자식을 둔 부모로서는 달갑게도 이 마을의 치안은 썩 좋은 편이었다. 아니, 아니, 지금은 그런 생각을 할 때가 아니라…….

"아니, 오해예요. 저는…… 앗, 잠깐 너!"

여자아이는 날래게 자리에서 일어나 몸을 틀더니 달아나는 토끼처럼 빠르게 도망쳤다. 그때 땅바닥에서 뭔가가 반짝 빛났다. 내가 반사적으로 손을 뻗었지만 남자에게 붙잡히고 말았다. 손아귀 힘이 꽤나 센 데다, 자세히 보니 체격도 건장했다.

"어이쿠, 거기까지야. 아직 젊은 사람한테 뒤지지 않는다고."

아이의 등이 길모퉁이 너머로 사라졌다. 흐늘흐늘 힘이 빠져나가며 설마 이런 오해로 잡혀 들어가지는 않겠지, 하는 어처구니없는 생각만 머릿속에 번졌다.

"으하핫핫핫!"

아버지의 커다란 웃음소리가 좁은 방에 울려 퍼졌다.

이제야 겨우 소동에서 해방되어 구로하 베이커리의 사무실로 돌아온 참이었다. 상황이 상황인지라 가게는 잠시 닫아 두었다.

아버지는 웃음기 어린 말투로 입을 열었다.

"이야, 이런 봉변이 다 있나. 그래도 다행이야. '전직 교사가 초등학생에게 말을 걸다 체포되다!' 같은 기사가 신문에 나지 않아서."

아버지는 자기가 말하고서 다시 쿡쿡대며 웃었다. 아니, 부모가 즐거워하면 어쩌자는 말인가.

"그러게 말이에요. 하지만 설마 그런 식으로 도망칠 줄은 생각도 못 했어요."

"씩씩하다고 해야 할지, 영악하다고 해야 할지, 되바라졌다고 해야 할지. 참말로 대단한 아이구먼."

"상대는 좀도둑이에요. 칭찬을 하면 어떡해요."

"참, 그랬지."

아버지는 웃는 얼굴로 희끗희끗한 자기 머리에 꿀밤을 먹였다.

그 후 나는 남자에게 필사적으로 상황을 설명해야만 했다. 감출 것은 아무것도 없으니 모두 있는 그대로 털어놓았다. 남자도 거의 대부분 내 말을 믿는 듯했지만, 그렇다고 해서 그대로 놓아줄 수는 없는 노릇이라며 파출소에 신고하는 사

태가 벌어졌다. 10분쯤 지나서 느긋하게 자전거를 타고 나타
난 경찰관에게 나는 또다시 같은 설명을 늘어놓았다.

아버지는 내가 소동에 휘말렸다는 사실은 알아차렸던 모
양이다. 가게 계산대에서는 보이지 않는 곳이어서 직접 보지
는 못했지만, 방범용 경보기 소리는 또렷이 들린 데다 구경
꾼까지는 아니지만 이따금 지나가는 사람들이 멈춰 섰기 때
문이다.

하지만 손님이 끊이지 않아 가게를 떠나지 못하다가 마침
내 경찰관이 등장할 무렵에야 겨우 달려왔다.

지역 경찰관이다 보니 아버지를 익히 알고 있었고 이쪽이
하는 말은 대부분 믿어 주었다. 어쨌든 여자아이의 신원도
행방도 명확하지 않아 이야기를 들어 볼 수조차 없으니 경
찰로서도 사건으로 취급하기는 어려울 터였다. 도난 사건 역
시 진짜인지 가짜인지 확실하지 않아서 경찰이 적극적으로
여자아이를 찾지는 않을 듯했다. 우리도 그러기를 바라지는
않았다.

다만 신고가 들어온 이상 기록에 남길 필요가 있다고 해
서 길거리에서 같은 설명을 몇 번이나 반복해야 했다. 신분
증을 제시하고 기다리는 시간도 길어서 결국 한 시간은 족히
지난 뒤에야 풀려났다.

"와, 너무 지쳤어."

테이블에 체중을 실어 푹 엎드렸다.

"자, 그럼 슬슬 가게를 열어 볼까. 어떻게 할래? 피곤하면 좀 더 쉬어도 된다만."

"아니에요. 안에 틀어박혀 있어 봤자 아무 소용도 없고 몸을 움직여야 속이 시원해질 것 같아요."

"그래. 어차피 도난 사건은 포기하는 수밖에 없겠지. 그 애는 더 이상 우리 가게에 오지 않을 테고."

"아니, 가능성이 아예 없지는 않아요."

"그게 무슨 말이냐?"

아버지가 눈썹을 모으자 나는 문구가 이것저것 든 상자에서 유성 매직펜을 집어 들었다.

"효과가 있을지 없을지는 모르겠지만, 그 애가 돌아오는 마법의 주문을 외어 보려고요."

아버지의 두 눈썹 사이에 생긴 주름이 한층 더 깊어졌다.

오후가 되어 손님의 발길이 끊어진 타이밍에 기지개를 켰다.

오전에 문이 닫혀 있던데 무슨 일이냐며 단골손님에게 질문을 받기도 하고, 아까 경찰이 왔다 가지 않았느냐며 벌써 소문을 듣고 온 사람도 있어서 정신없는 하루를 보내다 겨우 평소와 다름없는 상태를 되찾은 참이었다.

눈부시게 내리쬐는 햇빛이 가게 안에도 짙은 그림자를 드리울 무렵, 조심스레 종소리가 울리며 머뭇머뭇 열린 문 너머에 '그 아이'가 서 있었다.

나도 모르게 입가에 웃음이 걸렸다. 아무래도 주문이 효력을 발휘한 모양이었다.

좀도둑 소녀는 아침과 똑같은 모습으로 책가방을 등에 멘 채 싸늘한 눈으로 나를 쳐다보았다.

"돌려줘요."

"물론 줘야지. 단, 조건이 있어. 우선은 도둑질했다고 솔직하게 인정할 것. 그러면 적어 둔 대로 아무한테도 말하지 않겠다고 약속할게."

"어차피 현행범이 아니면 못 잡잖아요."

역시 영리한 아이라며 마음속으로 쓰게 웃었다.

"뭐, 그렇지. 감시 카메라도 없고. 샌드위치는 어떻게 했어? 먹었니? 아니면 버렸나? 혹시 그랬다면 슬픈걸."

아이는 질문에 답하지 않은 채 태도를 정하기가 어려운 듯 시선을 이리저리 굴렸다.

아침에 아이가 일부러 엉덩방아를 찧고 도망쳤을 때 땅바닥에서 빛나는 무언가가 보였다. 플라스틱 같은 반투명한 소재로 만든 별 모양 액세서리로, 아무리 봐도 어린아이의 물건 같아서 여자아이가 엉덩방아를 찧었을 때 떨어뜨렸을지도 모른다고 추측했다.

그 후 양복 차림의 남자와 경찰을 기다리는 동안 슬쩍 주워서 가지고 있었다. 이미 어느 정도 내 말을 믿어 주었기에 몰래 줍기는 어렵지 않았다.

그리고 정오가 지나서 아침에 물건을 주운 곳 옆쪽 담장에 종이를 붙여 두었다. 마침 우리 집 담장이기도 했다.

'잃어버린 물건을 맡고 있습니다.

아무에게도 말하지 않을 테니 안심하세요.'

좀도둑 소녀에게만 전해지는 주문이었다. 그 아이가 물건의 주인이라면 반드시 이곳으로 찾으러 올 테고, '아무에게도 말하지 않을 테니'라고 써 놓으면 누가 주웠는지도 바로 알 수 있을 터였다. 동시에 '마음을 놓아도 된다'는 메시지도 전하고 싶었다.

정말 좀도둑 소녀가 떨어뜨린 물건이라 해도 없어져도 아쉽지 않은 물건이라면 찾아오지 않을 수도 있었다. 하지만 아이에게는 그런대로 소중한 액세서리였나 보다.

잔소리처럼 들리지 않도록 주의하며 부드럽게 말했다.

"너는 가벼운 마음으로 훔쳤을지 몰라도 소매점 입장에서는, 특히나 이런 동네 가게 입장에서는 네가 상상하는 것보다 훨씬 큰 문제야. 도둑질은 용납하고 싶지 않고 용납할 생각도 없지만, 너처럼 어린아이는 이게 얼마나 큰일인지 이해하지 못하리라는 건 잘 알아. 앞으로 이해해 줬으면 좋겠고.

아침에 혼자 빵을 사러 온다는 건 네가 아침밥으로 먹으려는 거겠지? 그러면 역시 사정이 있다는 거잖아. 이야기를 들려줬으면 해. 그게 잃어버린 물건을 돌려줄 조건이야."

"어른인데 더러운 수를 쓰네."

"더러운가? 그야 이쪽은 도둑질 때문에 막대한 피해를 입었으니까."

일부러 연기하듯 과장된 표정으로 어깨를 으쓱였다.

"허풍 떨기는."

"그럴 리가. 좀도둑 때문에 망한 가게는 얼마든지 있거든."

여자아이는 초등학생답지 않게 땅이 꺼져라 한숨을 쉬고는 가게 안을 둘러보았다.

"여기서 말하면 돼요?"

가게 안에는 붐비는 시간 이외에만 열어 두는 취식 공간도 있지만, 역시 손님 눈에 보이는 곳에서 이야기를 들을 수는 없었다.

아버지에게 그 좀도둑 소녀가 출두했다고 이야기하자 무슨 마법을 부린 거냐며 자못 놀랐지만, 내막은 나중에 밝히기로 하고 가게를 아버지에게 맡긴 채 아이와 둘이서 가게 뒤쪽 사무실로 들어갔다.

사무실은 주방과 분리된 탈의실 겸 휴식과 사무 작업을 위한 작은 방으로 간소한 흰색 테이블이 놓여 있다. 벽 쪽에

는 창고 대신 잡다한 물건을 쌓아 놓아서 좁은 방이 더 좁
아 보였다.

"좁고 어수선해서 미안."

안쪽 의자를 권하자 아이는 책가방과 보조 가방을 겹쳐
테이블에 놓고 순순히 자리에 앉았다. 맞은편에 자리 잡으며
예사로운 태도로 물었다.

"먼저 이름을 알려 주지 않을래?"

아이는 눈을 치켜뜨며 노려보았지만, 단념한 듯 대답했다.

"마유리. 이치조 마유리."

'一條茉由利'. 한자로는 이렇게 쓰는 듯했다. 교과서나 노
트를 확인하면 거짓말인지 아닌지 알 수 있겠지만, 의심하는
행동은 하지 않기로 했다. 믿음을 얻으려면 먼저 상대방부터
믿어야 한다.

"고마워. 초등학교 몇 학년?"

"4학년."

아들 신지와 같은 학년이다.

"빵을 훔친 건 오늘이 몇 번째였니?"

"네 번째."

이쪽이 추측한 횟수와도 일치했다.

어린아이들이란 생각보다 약은 면이 있어서 죄를 인정하
더라도 이 핑계 저 핑계 대며 얼버무려 죄를 가볍게 보이려고

든다. 그런 점에서는 정직한 아이였다.

"아, 맞다. 괜찮으면 이거, 출출하면 먹어. 갓 구운 빵은 아니지만."

크루아상이 몇 개 든 비닐봉지를 테이블에 놓았다. 마유리의 눈이 경계심으로 그득해져서 나도 모르게 웃음이 나올 뻔했다.

"독은 안 들었으니 걱정 마. 모양이 안 예뻐서 가게에 내놓을 수 없는 빵이라 어차피 폐기 처분할 것들이거든."

물론 거짓말이지만 그렇게 말해야 사양하지 않고 마음 편히 먹을 수 있을 테고, 물건으로 꼬드긴다고 생각하면 역효과가 날 것이다. 뭐, 실제로 그런 셈이기는 하지만. 이유야 어떻든 사람은 은혜를 입으면 고마운 마음이 들기 마련이고, 맛있는 음식을 먹고 배 속이 든든해지면 본능적으로 마음이 누그러진다.

나도 비닐봉지에서 크루아상 하나를 꺼내 들었다.

"크루아상은 우리 집 인기 상품이니 맛은 보장할게."

아들의 이름을 따왔을 정도이니, 아니면 따와서 그런 건지 아버지는 예전부터 크루아상에 적잖은 애정을 가지고 있었다.

끝부분부터 한 입 베어 먹으면 바삭 하고 기분 좋은 소리가 난다. 겉은 바삭바삭, 속은 촉촉하고 탄력이 있는 크루아상이다. 처음에는 껍질의 고소한 향기가 코를 자극하고 이어서 탄력 있는 식감과 함께 버터의 풍미가 파도처럼 밀려온다.

지극히 단순한 맛. 그렇기에 빵 반죽이 가져다주는 행복으로 가득해진다. 몇 번을 먹어도 '빵이란 참 맛있구나' 하는 생각이 든다.

마유리도 하나 집어서 입으로 가져갔다. 우리 집 크루아상을 먹는 건 처음이었는지 씹는 순간 맛있어서 깜짝 놀란 듯한 표정을 지었다.

공장에서 만든 편의점이나 슈퍼마켓 크루아상하고는 완전히 다르지? 그렇게 마음속으로 말했다. 그만큼 값도 나가지만.

"내 이름은 구로하 산고야. 이름의 유래는 크루아상이고." 농담이라고 생각했는지 미심쩍다는 눈초리로 쳐다보았지만, 아랑곳 않고 말을 이었다. "우리 가게에서 산 빵은 네 아침밥이니? 아니면 가족이 먹을 밥?"

"내 거예요."

"아빠나 엄마 또는 부모님을 대신하는 보호자가 아침 식사를 준비해 주지 않으시는구나."

"300엔만 줘요."

300엔으로 살 수 있는 빵이 있기는 하지만, 우리 가게 샌드위치는 살 수 없다. 아동 방임이라는 말이 뇌리를 스쳤다.

"그래서 훔친 거니?"

"뭐, 맞아요. 남은 돈으로 편의점에서 과자도 살 수 있고."

"이렇게 말하기는 뭐하지만, 300엔 예산으로 우리 가게는 좀 빠듯하지 않을까?" 아슬아슬하게 작은 빵 두 개, 그 밖에 다른 빵은 사봤자 한 개이고 아예 사지 못하는 상품도 적지 않다. "슈퍼마켓이나 편의점에서 파는 기성품은 좀 더 많이 살 수 있잖아."

"계속 그렇게 했거든요. 하지만 맨날 같은 것만 먹으니까 결국 질려서. 그러다 우연히 여기를 발견했어요. 비쌌지만 시험 삼아 하나 사 봤는데 맛있어서 잊을 수가 없어서."

빵집을 운영하는 사람으로서 더없이 고마운 말이다.

"고마워, 정말 기쁘다. 하지만 그렇다고 해서 빵을 훔치는 건 곤란해. 우리 가게도 정말 빠듯하거든. 특히 요즘은 밀가루 값이 치솟아서 정말 걱정이 이만저만이⋯⋯." 아니, 푸념을 늘어놓을 때가 아니지. "도둑질은 다른 가게에서도 한 적 있니?"

아이는 나를 쓱 째려봤지만, 우물우물 입을 움직이고 있어서 좀 전과 같이 날카롭지는 않았다. 새삼 아직 초등학교 4학년이구나 하는 생각이 들었다.

"여기가 처음이에요. 안 믿기면 믿지 않아도 딱히 상관없지만."

믿는다고 말하기는 쉽지만, 오히려 얄팍해 보일까 싶어 입
밖에 내지는 않았다. 다만 조금 전부터는 솔직하게 말하고
있는 듯 느껴지기는 했다. 태도만큼 품행이 나쁜 건 아니라
는 생각이 들기 시작했다.

"이치조는 부모님과 같이 사니?"

아이가 첫 번째 빵을 다 먹고 다시 비닐봉지에 남은 크루
아상에 눈길을 주기에 어서 먹으라며 손바닥을 내밀었다. 아
이는 두 번째 빵으로 손을 뻗으며 답했다.

"아뇨, 엄마랑만요."

"저녁은 만들어 주시고?"

"일단은요. 간단한 음식이지만. 근데 일 때문에 집에 없어서
전자레인지에 돌려서 혼자 먹어요."

"엄마는 밤에 일을 하시는구나."

"야간 근무래요. 저녁에 집을 나갔다가 새벽에 돌아와요."

도난 사건에 관한 이야기에서 멀어지기 시작해서인지 마유
리가 뿜어내던 뾰족뾰족 사나운 분위기는 제법 누그러졌다.
크루아상의 효과도 있을 테고, 내가 적이 아니라고 믿기 시
작했을지도 모른다. 아무튼 도둑질을 하는 본질적인 원인에
가까이 다가간 듯한 느낌이 들었다.

먹고 싶어서, 살 수 없으니까, 같은 이유는 부수적인 이유

48

에 지나지 않는다.

흔히 말하는 물장사가 아니라 밤부터 아침까지 일하는 야간 근무라면 아이의 어머니는 거의 밤낮이 뒤바뀐 생활을 하고 있을 것이다.

"그러면 엄마와 차분히 이야기할 시간은 거의 없겠구나."

"뭐, 그렇죠. 자고 일어나서도 다시 나갈 때까지 계속 바빠 보이고."

"쓸쓸하겠네."

"별로요. 야간 근무 일 시작하기 전에 미리 알려 줬고 저도 이해했으니까요."

퉁명스러운 말투가 오히려 강해 보이려 애쓰는 것처럼 느껴졌다.

모녀 관계가 깨지지 않았다는 점은 안심이 되는 부분이었다. 이 아이는 말을 잘 듣는 아이일 가능성도 높았다. 하지만 아무리 이해했다 해도 미리 상상한 것과 현실은 달랐을 테고 하나뿐인 가족에게 응석을 부릴 수 없다는 건 이 나이대 아이에게는 힘든 일이었을 것이다. 본인도 깨닫지 못한 스트레스와 울분이 아이를 도둑질이라는 행위로 내몰았을 가능성도 있었다. 자기 스스로 명확한 동기를 알지는 못해도 누군가 자신에게 신경 써 주기를 바라는 마음에 나쁜 짓을 하는 경우는 드물지 않다.

동시에 내가 뭘 할 수 있을까 하는 생각이 불쑥 솟았다.

도둑질하는 이유를 알고 싶어서 질문을 했지만, 예전 직업의 영향 때문인지 어느 순간부터는 이 아이를 위해 뭔가 해 줄 수 없을지 나도 모르게 고민하고 있었다.

하지만 지금 나는 일개 빵집의 직원일 뿐이다.

마유리의 가정 환경은 분명 좋은 편은 아니고 동정이 가는 부분도 있다. 하지만 아동 방임이나 학대라 부를 만한 정도는 아닌 듯했다. 아이 어머니도 여러 사정 때문에 어쩔 수 없이 야간 근무를 하는 것일 테고 딸을 위해 열심히 일하고 식사도 준비해 준다. 훌륭한 어머니였다.

빵집 직원이 간섭할 일은 아니고 손을 내밀어야 할 상대도 아니었다.

도둑질이 얼마나 나쁜 일인지 가르쳐서 두 번 다시 훔치지 않겠다고 약속을 받은 다음 보내 준다. 그런 결말을 떠올렸다.

"하지만······."

문득 마유리가 중얼거렸다. 투명한 껍질을 두른 맑은 목소리였다. 아이는 손에 든 크루아상의 겹겹이 포개진 층을 헤아리듯 단면을 들여다보고 있었다.

"숙제를 안 봐줘요. 시간이 없어서 안 된다면서. 그래서 늘 선생님한테 혼나요. 그건 무지 화가 나요."

처음으로 아무런 갑옷도 두르지 않은, 있는 그대로의 이치조 마유리를 본 듯한 기분이었다.

"숙제…… 부모님한테 보여 주고 동그라미 친 다음에 제출하는 거 말이구나. 틀린 부분은 부모님한테 배워서 다시 풀어 오라고 하는 거."

"맞아요. 잘 아시네요."

"선생님한테 말씀드렸니? 엄마가 너무 바쁘셔서 숙제를 봐 줄 시간이 없다고."

내 목소리는 희미하게 떨렸다.

"말했어요." 마유리는 입술을 삐죽 내밀었다. "하지만 동그라미 정도는 칠 수 있지 않느냐면서 제대로 들어 주지도 않았어요. 그래서 이제 더는 설명할 마음도 없어졌어요."

과거에 같은 일을 했던 사람으로서 그 담임 선생님을 탓할 마음은 들지 않았다.

조금 전부터 가슴이 아파왔다. 1년 전 여름에 품었던 마음이 다시금 가슴을 세게 옥죄었다.

"신지! 다 됐으니까 식탁으로 옮겨 줄래?"

"네에."

신지가 보고 있던 태블릿을 내려놓고 다가왔다.

세 가족이 함께 사는 도쿄 도내의 맨션. 부엌과 거실을 나누는 긴 테이블 위에 놓은 요리를 아들이 식탁으로 옮겨 주었다.

아내 고코미는 매일같이 밤늦게까지 일하느라 저녁밥은 늘 내가 준비해서 아들과 둘이서 먹는 것이 일과였다.

"잘 먹겠습니다!"

손을 모으고 차례로 외친 다음 식사를 시작했다. 오늘은 평소보다 여유가 좀 있어서 여름 채소를 넣은 탕수완자를 만들었다. 한 입 맛보고 단맛과 신맛의 기막힌 균형에 매우 만족했다.

"어때, 맛있지?"

완자를 베어 무는 신지에게 자신만만하게 물었다.

"응, 맛있어."

"채소도 골고루 먹어."

"알았다고."

신지는 음식을 많이 가리는 편은 아니지만, 채소는 되도록 먹지 않으려 하는 점이 다른 아이들과 똑같았다.

요즘은 나도 신지도 텔레비전을 거의 보지 않게 되었지만, 요리하는 동안 라디오를 틀어 놓고 밥을 먹을 때도 그대로 켜 두는 것이 습관이 되었다. 공간에 적당히 흥을 더해 주면서 텔레비전만큼 떠들썩하지는 않은 느낌이 딱 좋았다.

식사에 집중하느라 제대로 듣고 있지는 않았지만, 어떤 문장이 귓전을 때린 순간 아나운서의 목소리가 뇌 속에 크게 울려 퍼졌다. 방송과 방송 사이에 짧게 내보내는 뉴스인 듯했다.

"……용의자 마쓰무라 유리를 체포했다고 발표했습니다. 네 살이었던 친아들 리쿠토를 학대하고 내연 관계인 남편과 모의하여 살해한 혐의입니다. 이어서 간토 지방*의 내일……."

마쓰무라 유리……. 잘못 들은 게 아니라면 분명 그런 이름이었다. 초등학교 4학년, 천진난만하게 웃는 여자아이가 떠올랐다.

"아빠, 왜 그래?"

아들의 목소리를 듣고서야 젓가락으로 채소를 집어 든 채 가만히 굳어 있었음을 깨달았다. 흘러내린 소스가 주욱 선을 그리며 식탁에 떨어졌다.

"아, 아니, 갑자기 뭐가 생각나서. 별일 아니야."

그럴 필요도 없는데 변명하듯 이상하게 말이 빨라졌다.

티슈로 식탁에 떨어진 소스를 닦으면서 마음속으로 그럴 리가 없다고 고개를 가로저었다. 마쓰무라 유리라는 이름

---

* 일본 중부에 있는 지방으로 도쿄와 가나가와, 지바 등을 일컫는다.

은 그리 드물지 않다. 나이도 올해로 스무 살 정도다. 네 살
짜리 아들을 두기에는 너무 이르다. 있어도 이상하지는 않지
만…….

식사를 마치고 그릇을 식기세척기에 넣은 다음 거실 소파
에 깊숙이 앉아서 좀 전에 라디오에서 들은 사건을 태블릿으
로 검색했다.

바로 나온 "용의자 마쓰무라 유리(20)"라는 글자에 심장이
펄떡였다. 이름의 한자도, 나이도 일치했다.

처음에는 마쓰무라 유리와 내연 관계인 남편만 체포되었
던 모양이다. 그러나 조사해 보니 그녀도 학대에 적극적으
로 가담한 것으로 보여 뒤늦게 체포 당했다.

찾아낸 관련 사진의 얼굴을 보고 확신했다.

내가 아는 마쓰무라 유리라고.

내가 처음으로 담임을 맡은 학급은 4학년의 한 반이었고
그곳에 그 아이가 있었다. 늘 밝고 씩씩하며 구김살 없이 까
르르 웃던 얼굴이 아직도 뇌리에 강하게 새겨져 있다. 장래에
는 아이돌이 되어 부도칸*에서 춤추고 노래할 거라고 천진하

---

* 도쿄에 있는 대형 경기장이자 여러 유명 아티스트들이 공연을 선보이는 공연장.

게 꿈을 이야기하곤 했다.

다만 공부는 그다지 잘하지 못해서 숙제를 깜빡하거나 해오지 않는 경우도 종종 있었다.

지역마다 차이는 있겠지만, 내가 어릴 적에는 학부모가 숙제를 확인하고 채점한 다음 제출하는 방식은 없었던 것 같다. 교사가 되기 위해 공부할 때 그런 방법이 생겼다는 사실을 처음 알았다.

이유는 다양하지만, 부모를 자녀의 학습에 참여하게 하는 것이 주된 목적 중 하나일 것이다. 생활 통지표에 적힌 숫자나 교사의 평가에만 의지하지 않고 몸소 확인해서 자기 아이가 무엇을 잘하고 무엇을 어려워하는지 파악하고, 부모와 자녀가 함께 학습할 기회를 늘리기 위해서다. 부모의 부담은 다소 커지겠지만, 아이에게는 굉장히 이로운 방법이다.

한편으로는 교사의 부담이 준다는 측면도 어느 정도 있을 것이다. 단순히 확인만 하면 시간도 품도 제법 덜 수 있다. 다만 꼼꼼히 보려고 하면 부모가 동그라미를 쳤든 안 쳤든 상관없이 시간이 꽤 많이 든다.

아이를 위해 사명감을 가지고 일을 꼼꼼하게 하려고 마음먹으면 얼마든지 시간과 수고를 들일 수 있고, 반대로 일을 편하게 하려고 마음먹으면 대충대충 할 수도 있다. 어느 쪽이든 월급은 달라지지 않는다. 덤으로 품을 들인 대가는 웃는 얼굴과 감사 인사 같은 형태가 없는 것들이며, 그것조차 없는 경우가 더 많다. 대부분 확인조차 할 수 없는 아이의 성장이라는 충만감 혹은 자기만족일 뿐.

그것이 교사의 일이자 현실이기도 하다.

나를 지도해 준 선배 교사도 적극적으로 부모를 숙제에 끌어들여야 한다는 방침을 가진 사람이었다. 어쩌면 남들보다 조금 더 빠르게 실천해 온 인물일지도 모른다.

충분히 찬성할 수 있는 생각이었기에, 특별히 일을 편하게 하고 싶어서가 아니라, 나도 학부모에게 동그라미 표시나 숙제 확인을 하게 하거나 아이와 부모가 머리를 맞대고 해결해야 하는 숙제를 적극적으로 내주었다.

어느 날 마쓰무라 유리가 내게 호소했다. 엄마가 숙제를 봐주지 않는다고.

그 아이의 집은 모자 가정에다 어머니는 밤에 음식점에서 일했다. 아버지는 경제적 지원은커녕 교류조차 없었을 것이다.

호소라고는 했지만 아이의 표정은 심각해 보이지 않았고 그저 작은 푸념 같은 느낌이었다. 그래서 나도 진지하게 받아들이지 못했다. 사정이 그러면 내가 봐주겠지만 되도록 어머니에게 확인을 받으라고, 하나 마나 한 대답만 들려주었다.

처음 맡은 학급 담임이라 하루하루가 벅찼던 데다 지금

돌아보면 몇십 명이나 되는 아이들과 한 명씩 제대로 마주할 여유가 없었다. 그때는 상상력도 아직 턱없이 부족했다.

공부를 싫어하고 여전히 숙제도 해 오지 않았지만, 마쓰무라 유리는 밝고 씩씩한 아이이니 분명 괜찮을 거라고 무심코 믿었다. 5학년이 되어 반이 바뀌고 담임이 아니게 되면서 그 후 어떻게 되었는지는 전혀 알지 못했다.

무제한 독서 플랫폼에서 '마쓰무라 유리'를 검색해 보니 사건을 자세히 보도한 주간지가 나왔다. 앞으로 몸을 잔뜩 수그리고 소파에 앉아 글을 읽었다.

유리는 중학교에 다니다가 학교를 자주 빠지기 시작했고 졸업한 후에는 고등학교에 진학하지 않은 채 2년 정도 아이돌 흉내를 내며 지낸 모양이다. 그때 하게 된 임신과 출산. 아이 아버지는 누구인지 확실치 않다. 게다가 연예 기획사라 부르지도 못할 수상한 회사의 치졸한 수법에 속아 넘어가 많은 빚을 졌다. 그 후에는 술집 등 유흥업소에서 일하며 싱글맘으로서 혼자 아이를 키웠다. 당시 동료의 말에 따르면 그때는 학대의 조짐은 보이지 않았다고, 기사에서는 단언했다. 열심히 아이를 돌보며 제대로 엄마 노릇을 했다고. 그러나 몇 개월 전 가게에서 만난 남자와 동거를 시작한 뒤로 그와 함께 자기 아이를 학대해 끝내 죽음에 이르게 했다.

주간지의 기사는 굳이 말하자면 마쓰무라 유리를 동정하

는, 별 볼 일 없는 남자에게 반한 탓에 벌어진 비극이라는 논조였다.

선정적으로 작성된 기사의 내용을 어디까지 믿어야 할지 모르겠다. 표면적인 사실만 보고 유리의 속사정을 모두 알 수는 없다. 하지만 그 아이가 바란 미래가 아니었다는 점에는 의심할 여지가 없었다.

마쓰무라 유리는 어디에서 길을 잘못 들었을까.

나는 그 아이에게 무엇을 해 줄 수 있었을까.

그때 좀 더 진지하게 그 아이와 마주했다면 이런 비극적인 결과를 피할 수 있지 않았을까.

유리는 학교 수업을 따라가지 못하고 낙오되었다. 그렇게 된 계기 중 하나가 부모가 숙제를 봐주지 않았기 때문이라면. 담임이 건성으로 대응한 탓이라면.

장차 아이돌이 되고 싶다고 해맑게 말하던 마쓰무라 유리의 앳된 미소가 떠올랐다.

네가 무슨 자격이 있어 우냐고 머릿속으로 생각하면서도 거실 소파에서 태블릿을 안고 눈물을 줄줄 흘렸다.

이제 와 절실히 생각했다. 바빠도 할 수 있는 일은 얼마든지 있었다. 할 수 있는 방법도 얼마든지 있었다. 뭔가 하나라도 그때 그 아이에게 해 줄 수 있었다면, 그래서 인생의 톱니바퀴를 단 하나라도 바꿀 수 있었다면, 자기 아이를 죽이는 결말은 맞지 않았을지도 모른다.

학교를 끝까지 다니지 못한 것 자체가 나쁘다고는 할 수 없다. 학교 수업이 필요하지 않은 사람도 있고 밖에서 배우는 방법도 있다. 하지만 그 아이는, 마쓰무라 유리는 자신의 인생을 바로잡을 힘이 없었다. 도움을 구할 방법을 알지 못했다.

교육이란 무엇일까.

학습이란 무엇을 위해 존재하는 것일까.

나눗셈 같은 건 못해도 상관없다. 전자계산기가 백배는 더 빠르고 정확하게 계산해 준다. 지리 따위는 몰라도 아무런 문제도 없다. 인터넷으로 금방 검색할 수 있다.

하지만 그렇다고 해서 학습이 필요하지 않다고는 생각하지 않는다. 학습은 지식이 아니라 그 너머에 있는 '생각하는 힘'을, 궁극적으로는 '더 나은 인생'을 손에 쥐기 위한 것이 아닌가.

왜 나는, 학교는, 그 아이에게 그것을 알려 주지 못했을까……

눈앞에는 입술을 삐죽 내민 이치조 마유리가 있다.

토라진 듯하면서도 조금 쓸쓸해 보이는 표정을 짓는 초등학교 4학년 여자아이가 있다.

"숙제 말이야, 나라도 괜찮다면 봐줄까?"

정신을 차리고 보니 그런 말이 입에서 흘러나온 뒤였다.

아이는 그게 무슨 소리냐는 듯 의아한 표정을 지었다.

"아저씨가 왜요?"

"사실 오랫동안 초등학교 선생님으로 일했거든. 그것도 바로 얼마 전, 올해 3월까지 말이야."

"그랬구나. 의외네요. 하지만 나랑 상관없잖아요."

"응. 뭐, 그렇긴 하지. 네 말이 맞아. 하지만 엄마 대신 숙제를 봐줄 수는 있어. 물론 부모님이 봐주는 게 가장 좋겠지만. 그러지 못할 때는 다른 사람에게 보여 줘도 괜찮지 않을까?"

"하지만 그렇게 한다고 아저씨한테 좋은 점은 하나도 없잖아요. 좀 무서운데요."

마쓰무라 유리 대신 마유리의 숙제를 봐주어서 자신의 후회를 덮으려 하는 건가. 상처를 치유하고 싶은 건가. 스스로에게 물었다.

아니……. 마쓰무라 유리와 이치조 마유리는 전혀 다르다.

완전히 다른 사람이다. 겉모습도 성격도 닮은 구석이 하나도 없다.

내가 아무것도 하지 않아도 이 아이는 훌륭하게 성장해서 자신이 원하는 인생을 손에 쥘지도 모른다. 하지만 돌이킬 수 없는 후회를 마음에 새길 수도 있다. 어떻게 될지는 아무도 모른다. 내 행동이 옳은지 그른지 알 수 없다.

그래도 내가 할 수 있는 일은 하고 싶었다. 설령 계기가 속죄라 해도 괜찮지 않을까. 우연이든 뭐든 도움이 필요한 아이가 눈앞에 있다. 나는 손을 내밀 수 있다.

"네가 도둑질을 하지 않았으면 해. 공부를 싫어하지 않았으면 해서고."

"네? 도둑질이랑 숙제는 상관없잖아요."

하지만 말만큼 의아해하는 표정은 아니었다.

"네가 그렇게 생각한다면 그래도 괜찮아. 숙제를 하고 나면 우리 가게에 와 주면 돼. 단, 조건이 두 가지 있어. 우선 엄마한테 확실히 허락을 받을 것. 설명은 음, 어떻게 할까. 도둑질에 대해서는 역시 말하기 어렵겠지……."

혼잣말처럼 중얼거리며 생각했다.

"그래. 요즘 날마다 이 가게로 아침을 사러 왔다고. 이건 거의 사실이니까. 그래서 가게 아저씨…… 아, 신뢰를 얻으려면 점장의 아들이라는 점은 말하는 편이 좋을지도 모르겠다."

"점장님 아들이구나."

"그래. 그러다 가게 아저씨랑 말을 몇 마디 주고받았는데, 아저씨가 올해 3월까지 도쿄에서 초등학교 선생님을 했다는 사실을 알게 된 거지."

"도쿄에 있었구나."

"맞아. 그래서 별생각 없이 숙제 이야기를 꺼냈더니 대신 봐줄 수 있다고 했다고. 그런 식으로 설명하면 되지 않을까?"

"흐음. 그래서 나머지 하나는 뭔데요?"

관심 없는 척하고 있지만, 진지하게 생각하기 시작한 듯 보였다.

"가게 옆에 집이 있는데, 그쪽으로는 가지 않기. 가게로 올 것. 빵집 영업시간은 저녁 6시까지니까 그 전까지 와야 한다는 뜻이지."

그 정도 거리감이 가장 적당할 듯했고 초등학생을 늦은 시간까지 돌아다니게 할 수는 없었다.

마유리는 고개를 획 돌리고 작게 숨을 내뱉었다.

"무슨 말인지 알았어요."

"아, 중요한 걸 까먹었네. 조건을 하나 더 추가할게."

차가운 눈길을 보내는 아이에게 미소를 지었다.

"걱정 마. 마지막 조건이 가장 간단하니까. 도둑질은 이제 다시는 하지 않을 것. 우리 가게뿐만 아니라 다른 곳에서도."

"뭐, 아직 오겠다고 말 안 했거든요."

"응, 알아. 올지 안 올지는 스스로 정할 일이지. 다만 네가 원하면 나는 가능한 한 힘을 빌려줄 거야. 그것만은 믿어 줬으면 해."

마유리는 다시 한 번 시선을 돌려 상자가 잡다하게 쌓인 방 한구석을 쳐다보았다.

나는 앗 소리를 내며 손바닥을 맞부딪쳤다.

"까맣게 잊고 있었네. 그걸 돌려줘야지."

마유리도 작게 아, 하고 소리를 냈다.

길에서 주운 별 모양 액세서리를 주머니에서 꺼냈다. 먼지를 닦아 작은 비닐봉지에 담은 그것을 테이블에 놓으며 물었다.

"중요한 물건이지?"

"전에 다니던 학교에서 친구가 준 거예요."

퉁명스럽게 말하면서도 솔직하게 대답해 주어서 조금 놀랐다.

그 이상은 아무것도 묻지 않고 약속한 대로 아이를 보내주었다. 떠날 때 아이는 잠시 멈춰서 뒤돌아보고는 뭔가 말하고 싶은 듯 입을 열었지만, 결국 아무 말도 하지 않고 돌아갔다.

저녁 무렵, 특히 문 닫을 시간이 가까워지면 또다시 손님이 많아진다.

마지막 인파가 몰려들 시간을 앞두고 손님의 발길이 뚝 끊어져 가게는 텅 빈 상태가 되었다. 슬슬 가게를 아버지에게 맡기고 저녁 준비를 하러 집으로 돌아갈까 생각했을 때 문 너머로 작은 사람의 형체가 보였다. 가게가 비는 때를 기다리고 있었을지도 모른다.

그날 이후 사흘이 지났다. 조용히 문이 열렸다.

"어서 와. 숙제?"

마유리가 아니라며 고개를 가로저어서 나는 어리둥절했다. 보조 가방을 든 왼손에 꽉 힘이 들어가는 모습이 보였다.

"아직 제대로 말하지 않아서⋯⋯." 마유리는 숨을 들이마시고 조용히 고개를 숙였다. "도둑질해서 죄송합니다."

얼굴을 든 아이와 눈이 마주쳐서 웃는 얼굴로 고개를 끄덕였다. 다른 말은 더 할 필요도 없었다.

"훔친 빵값은 아직 부족하지만, 용돈이나 아침 밥값을 아껴서 꼭 전부 갚을게요."

이 아이 나름대로 열심히 사죄할 방법을 고민한 듯했다. 그 사실이 무엇보다 기뻤다. 하지만 앞으로도 절대 잘못을 저지르지 않도록 일부러 엄하게 말했다.

"도둑질은 엄연한 범죄야. 훔친 만큼 나중에 돈으로, 아니 10배로 갚는다 해도 죄는 지워지지 않고 지울 수도 없지. 없었던 일로 할 수는 없어.

하지만 속죄는 할 수 있어. 반드시 만회는 할 수 있지. 이치조가 죄를 갚고 싶어 한다는 건 지금 해 준 말 덕에 충분히 이해했어. 그러니 돈은 필요 없어. 그 마음만으로도 충분해."

"알겠어요"라고 작게 말하고서 마유리는 고개를 끄덕였다. 그러고는 보조 가방에서 종이를 꺼냈다.

"숙제 봐줄 수 있으세요?"

조금 전보다 더 큰 기쁨이 몸속에서 솟아났다.

"물론이지. 엄마한테 허락은 확실히 받았지?" 아이가 고개를 끄덕이는 것을 확인하고 오른손으로 동그랗게 오케이 표시를 만들었다. "그럼 전처럼 사무실에서 볼까?"

희미한, 아주 희미한 표정이었지만, 아이는 작게 미소 지었다.

제2화

출동! 소년 탐정단

　숲속에서 야생 동물 두 마리가 우연히 맞닥뜨리는 장면을 떠올렸다. 상대가 자신에게 도움이 될 존재인지 해가 될 존재인지 민첩하게 살피는 긴장감. 실제로 본 적은 없지만.

　"내 아들 신지야. 이 마을에는 4월에 막 전학 온 참이니까 잘 부탁해."

　신지는 고개만 살짝 까딱이며 대충 인사했고 마유리는 재빠르게 온몸을 시선으로 훑은 뒤 끄덕인 건지 갸우뚱한 건지 애매하게 고개만 살짝 움직였다.

　"반은 다르지만 둘 다 같은 학교에 같은 학년이니까, 이것도 무슨 인연이 아닐까."

　나의 밝은 웃음소리가 사무실 안에 덧없이 메아리쳤다. 두 아이가 마음을 터놓을 낌새는 눈곱만큼도 느껴지지 않았다.

뭐, 어쩔 수 없다. 개인마다 차이가 있기는 하지만 이성을 의식하기 시작하면서 서로를 어떻게 대해야 할지 갈팡질팡할 나이니까. 다만 마유리의 경우에는 이성 어쩌고는 그리 상관이 없을지도 모른다.

구로하 베이커리의 사무실에서 마유리의 숙제를 봐주는 것도 벌써 네 번째였다. 첫날 이후 일주일이 넘게 흘렀다.

마유리는 신지와 다른 반이라서 담임 선생님이 다르고 당연히 숙제도 다르다. 하지만 신지의 숙제도 자주 확인해야 하니 이왕이면 같이 해 줄 생각이었다.

마침 학교도 같으니 신지와 마유리에게 서로를 소개시키고 싶은 이유도 있었다. 그래서 마유리가 이곳에 익숙해졌을 때를 가늠해서 신지를 불러왔다.

저녁을 먹을 때 마유리에 대해 이야기한 적이 있어서 신지도 전부터 마유리의 존재를 알고는 있었다. 다만 도난 사건에 대한 부분은 생략하고 가게에서 우연히 알게 되어 어쩌다 보니 숙제를 봐주게 되었다고만 설명했다.

오늘은 처음 얼굴을 마주하는 것만으로도 충분하다고 단념하고, 되도록 거리를 벌리려는 듯 테이블에 대각선 모양으로 앉은 두 아이의 숙제를 차례대로 확인했다.

마유리는 수학 숙제로 나눗셈 문제를 풀어야 했다. 하지만 얼핏 보아도 절반 가까이 틀린 상태였다. 내용을 제대로 이해하지 못한 채 되는 대로 풀고 있는 듯했다.

"여기까지는 맞았는데, 나머지는 잘못됐어. 다시 풀기 전에 나눗셈을 어떻게 푸는지 다시 한 번 복습해 볼까?"

맞은편에서 이제 막 숙제를 시작한 신지를 슬쩍 보았다. 신지의 숙제는 한자 받아쓰기였는데, 생각이 날 듯 말 듯한지 못마땅한 표정을 지으며 손가락 관절로 머리를 문지르고 있었다.

신지는 수학이나 이과 과목은 비교적 잘하지만, 국어나 사회처럼 굳이 말하자면 암기력이 필요한 과목을 어려워하는 듯하다.

"신지는 나눗셈은 문제없어? 괜찮으면 같이 복습할까?"

"어, 아니, 난 괜찮아. 완벽하다니까."

"진싸……? 아, 그래. 신지도 하는 김에 이치조네 숙제까지 같이 해 보면 어때?"

"아 왜! 다른 반인데! 숙제 두 배로 하는 셈이잖아. 싫어."

"숙제를 두 배로 할 수 있다니 얼마나 좋아."

"그런 게 어디 있어."

"선생님이 얼마나 열심히 힘들여서 숙제를 준비하는지 알아? 전부 다 아이들을 위해서……"

"그 이야기는 이제 안 해도 안다고."

"에이, 어쩔 수 없네. 미안, 이치조. 음, 종이가 어디 있더라……."

마유리는 입가에 희미하게 미소를 띠고 코로 짧게 숨을 내쉬었다. 방금 나눈 대화를 재미있어 한 건지 단순히 비웃은 건지는 모르겠지만, 처음에 비해 제법 긴장이 풀어진 듯해 마음이 흐뭇했다.

다만 나 또한 어느새 이 방식에 익숙해져 부족함이라고 할지 한계 같은 것을 느끼기 시작할 무렵이었다.

그날 저녁 메뉴는 햇감자를 듬뿍 넣은 닭고기 간장조림이었다. 감자는 껍질을 벗기지 않고 재료를 썰어서 냄비에 가볍게 끓이기만 하면 되는 간편한 요리다. 그러면서도 아버지와 신지의 반응이 대단히 좋았다.

식탁에 둘러앉은 채 지난 며칠 동안 머릿속으로 가다듬은 아이디어를 입 밖으로 꺼냈다.

"요즘 이치조의 숙제를 봐주고 있잖아요. 살펴보니 몇 가지 과목에서 학습이 조금 늦어지고 있더라고요. 그래서 좀 더 제대로 공부를 봐줄 수 있으면 어떨까 싶어요. 어떻게 생각하세요?"

아버지가 "그러니까" 하며 젓가락을 들어 올렸다.

"학원 같은 걸 하겠다는 말이냐?"

"글쎄요. 공부방 같은 느낌이려나. 학원처럼 제대로 된 건 아니어도 괜찮을 것 같아요."

"나쁘지는 않을 것 같은데, 수업료도 받을 생각이냐?"

"아뇨. 돈을 받을 생각은 없어요. 어디까지나 개인적인⋯⋯ 음, 봉사 활동이니까요."

마쓰무라 유리의 이야기는 아버지를 포함해 누구에게도 말하지 않았다. 이번 일의 계기이자 동기이기는 하지만, 결코 연결 지어서는 안 된다는 마음도 있었다. 어쨌든 수업료를 받아 일로 만들어 버리는 데는 거부감이 들었다.

아버지가 제안했다.

"장소는 차라리 가게 안 취식 공간을 사용하는 게 어때?"

"그래도 돼요?"

"물론 영업 중에는 안 되지만, 네가 가르친다면 밤이나 수요일일 거 아냐."

수요일은 구로하 베이커리의 정기 휴일이다.

"맞아요. 하지만 가게 문을 닫은 다음이면 저녁때가 되어 버리고 너무 시간이 늦어지는 것도 뭐하니⋯⋯." 개인적으로도 자는 시간이 늦어지는 건 피하고 싶었다. 빵집의 아침은 이르게 찾아오니 말이다. "그냥 막연히 수요일 쪽으로 생각하고 있어요."

"일주일에 한 번, 빵집에서 열리는 전직 초등학교 교사의 무료 수업. 좋은데!" 어째서인지 아버지가 더 의욕이 넘쳤다.
"그래. 공부가 끝나면 팔다 남은 빵을 주는 건 어때? 좋아하
지 않을까?"

"그러게요. 다만 이치조가 원한다면, 이지만요. 애초에 공부
방 이야기도 아직 하지 않았거든요."

딱하게 여겨 베풀어 준다는 태도가 보이면 오히려 반발을
살지도 모른다. 그 부분은 신중함이 필요할 듯했다.

"아, 맞다." 자신과는 전혀 상관없다는 듯이 묵묵히 식사하
는 아들을 보았다. "만약 공부방을 하게 되면 신지도 참가해
주지 않을래?"

"엇, 어째서!"

깜짝 놀라는 얼굴 하면 누구나 떠올릴 법한 표정으로 이
쪽을 봐서 조금 웃음이 나왔다.

"이치조 혼자면 쓸쓸하잖아. 같이 해 주라."

"싫어. 뜬금없이 뭐야."

"그날 할 숙제만 해도 괜찮아. 일단 형식적으로라도 들어
와 주라."

사실 오늘 신지와 마유리를 만나게 한 데는 미리 운을 떼
려는 목적도 있었다. 무료로 수업을 하는 이상 아들에게 공
부를 가르치는 김에 다른 아이도 봐 드립니다.라는 모양새가
내 입장에서도 마유리의 입장에서도 괜히 부담을 느끼지 않

74

아도 되니 좋을 듯했다.

"신지, 우리끼리라 하는 이야기지만······." 아버지가 뭔가를 꾸미는 듯한 표정으로 입술을 비틀었다. "마유리는 말이야, 사실 제법 예쁘장하다고. 좀 새침하기는 하지만 장차 상당한 미인이 될 거야."

아버지, 이 나이대 남자아이한테는 역효과라고요.

"오늘 이미 만났는데. 그런 거 별로 상관없거든."

"아, 그러냐? 오늘 만났구나."

아무튼, 하고 내가 다시 말을 이어받았다.

"아직 정해진 건 아니니까 일단 생각해 봐."

으응, 하고 애매하게 대답하고서 신지는 입을 크게 벌려 닭고기 간장조림을 집어넣었다.

가만히 생각해 보면 이 일은 내 고집이었고 아들이라고 해서 억지로 시키는 짓은 하고 싶지 않았다. 게다가 이미 말했듯이 우선은 이치조 마유리의 생각을 확인해야만 했다.

"공부방요?"

이야기를 듣고서 마유리는 난처한 듯 눈살을 모았다.

"나도 거창하게 할 생각은 없지만, 좀 더 제대로 공부를

봐주면 좋겠다 싶어서. 숙제를 확인하는 김에 하는 거라고
보면 돼."

"여기서는 안 돼요?"

"마유리도 알고 있지? 제대로 이해하지 못한 과목이 있다
는 거. 임시방편이 아니라 한 번 제대로 다시 공부해 두는 편
이 좋을 것 같아."

흰 테이블에 생긴 얼룩을 헤아리듯 마유리의 시선이 이리저
리 방황했다.

"수학 말이죠? 하지만 저는 공부 잘 못해도 별로 상관없
어요. 대학에 갈 생각도 없고."

"그럼 왜 숙제를 보여 주러 오는 건데?"

"선생님한테 혼나거나 잔소리 듣는 게 싫어서요. 귀찮으니
까. 그것뿐이에요."

나는 작게 웃었다.

"음, 실제로 다른 아이들도 대부분 그럴 거야. 선생님이나
부모님에게 혼나기 싫어서 혹은 억지로 시키니까 마지못해
공부나 숙제를 하지."

"별로 도움이 되는 것 같지도 않고요."

어린아이뿐만 아니라 어른도 하는 흔한 말.

일반적인 의미와는 조금 다를지도 모르지만, 나 또한 그런
생각을 깊이 품고 있다. 아이들의 공부는, 교육은 지금 이대

로도 괜찮을까? 너무나, 터무니없이 헛된 일을 하고 있는 건 아닐까?

하지만 지금은 그런 마음을 억누르고, 그러면서도 어른의 사정이 아니라 진심을 있는 그대로 전하기로 했다.

"네 말이 맞을지도 몰라. 공부는 대부분 의미가 없고 도움이 되지도 않아. 계산은 스마트폰으로도 할 수 있고 한자도 기계가 알아서 바꿔 주고."

마유리는 조금 놀란 표정을 지었다. 어른이, 그것도 지금 공부를 가르쳐 주는 전직 교사가 그런 말을 할 줄은 몰랐을 것이다. '대체 어디에 도움이 되냐고!'라는 말은 부정당할 것을 전제로 한 불평이기도 하니까.

마유리는 납득이 가지 않는다는 듯이 말했다.

"그럼 왜 공부를 시키는데요?"

여기부터는 두 가지 선택지가 있다. 사실을 말하든가, 형식적인 이야기를 하든가.

하지만 그리 고민이 되지는 않았다.

어차피 겉만 번지르르해 보이는 어른의 말 따위, 아이들은 금방 꿰뚫어 본다. 그럴 바에야 사실대로 말하는 편이 나은 데다 마유리라면 제대로 이해하고 소화해 주리라는 믿음도 있었다.

"다른 방법이 없어서가 아닐까 싶어."

"방법이요?"

"사회가, 기업이 원하는 사람을 효율적으로 가려낼 방법 말이야. 각각의 과목을 이해하려면 기억력, 계산력, 독해력, 이해력, 사고력 등 다양한 두뇌의 힘이 필요해. 그런 능력을 골고루 지녔는지 살피는 데는 학교 성적이 아주 편리하거든. 소쿠리로 퍼 올리듯이 누락도 오류도 많은 엉성한 평가 방법이지만 효율은 좋았지. 과거에는 말이야. ……고도 경제 성장기라는 말 아니? 들어 본 적 있어?"

갑작스러운 질문에 당황한 듯했지만, 마유리는 기억을 짜내듯 천장을 올려다보았다.

"들어 본 적은 있는 것 같아요. 음, 옛날에 있었던 일이죠?"

"맞아. 전쟁 이후 일본의 경제가 엄청난 기세로 성장했던 시대. 그다음에 찾아온 거품 경제는 알지?"

"네. 경기가 무지 좋았던 때잖아요."

"정답이야. 고도 경제 성장기 그리고 아슬아슬하게 거품 경제 시기까지는 엉성한 방법이라도 그럭저럭 효과가 있었어. 하지만 지금 이 나라의 교육 시스템은 크게 무너지기 시작했다고 생각해. 오히려 단점이 더 커졌지. 하지만 80년 가까이 지켜온 구조는 그리 쉽게 바꿀 수가 없거든."

"그럼……." 마유리는 불안해 보이는 표정을 지었다. "아주 쓸데없는 짓을 하고 있다는 뜻이에요?"

나는 미소 지은 채 조용히 고개를 저었다.

"쓸데없지 않아. 말했듯이 구조는 바뀌지 않으니 예나 지금 이나 공부의 의미는 무엇 하나 달라지지 않았어. 시험에서 좋은 점수를 받으면 행복해질…… 가능성이 높아진다."

그렇게 말하면서 이건 너무 무책임한 말이지,라고 속으로 생각했다. 예를 들어 30년 전과 지금을 비교하면 공부를 잘해서 행복해질 수 있는 확률은 확연히 낮아졌다. 하지만 이 이야기를 마유리에게 들려주기에는 너무 이르다는 생각이 들었다.

훗날 스스로의 책임과 결단으로 자신에게는 학교 공부가 필요치 않다. 폭넓은 학습이 아니라 배우고 싶은 무언가를 깊이 파고들고 싶다고 마음먹게 된다면 그것도 무척 멋진 선택이라고 생각한다. 그것이 보통 세상 사람들이 '공부가 아니라고' 여기는 분야라 해도 말이다.

하지만 아동기에 폭넓은 학습을, 학교 공부를 하는 것은 선택지를 늘리는 가장 좋은 방법이라 믿고 힘차게 나아가는 수밖에 없다.

"하지만 말이야……."

나는 더 활짝 웃었다. 다소 위안은 얻었으나 여전히 불안해 보이는 마유리를 보며 말을 이었다.

"공부는 도움이 되지 않는다고 말했지만, 모든 시험에서 좋은 점수를 얻기 위한 것만은 아니야. 그건 틀림없어. 나는 학생 시절에 하는 공부란 목차를 만드는 작업이자 공부하는 방법을 배우는 일이라고 생각해.

뭐든 상관없지만 이를테면 나중에 카메라, 그러니까 사진 촬영에 푹 빠졌다고 해 보자. 멋진 사진을 찍으려면 카메라의 구조를 알아 두어야 좋을 테고 지름길이기도 하겠지. 물리나 우주 같은 자연 과학에 대한 지식도 있는 편이 좋을 테고. 예를 들어 꽃을 피사체로 고른다면, 꽃이 피는 시기나 식생을 미리 공부해야 할지도 몰라. 이런 기초는 모두 학교에서 배우는 내용이지.

인생은 죽을 때까지 줄곧 배워야 할 것들로 가득해. 그리고 배우면 배울수록, 지식이 많아지면 많아질수록 인생은 점점 더 풍요로워지지. 학생 때 하는 공부는 배우기 위한 훈련이 아닐까 싶어. 결과적으로 배운 지식은 도움이 되지 않는다 해도 '배웠다'는 사실 자체가 힘이 되지."

한 번에 모두 말하고 마유리가 내 이야기를 소화하기를 기다렸다.

내 생각이 옳은지 어떤지는 모른다. 실제로 이 나라의 교육 시스템은 이런 점을 상정하고 있지 않기 때문이다. 기업이나 사회에 도움이 되는 노동력의 양산이라는 사상은 여전히 뿌리 깊게 남아 있다. 목차를 만드는 데도, 배우는 법을 공부

한다는 의미에서도, 학교 공부는 효율이 좋지 않다.

그러니 역시 '핑계'는 맞다고 생각한다.

하지만 설령 멀리 돌아가는 방법이라 해도 학교 공부를 통해 얻는 것의 가치를 알고 배움이라는 선택지를 가진 사람이 될 수는 있을 것이다. 나는 그렇게 믿는다. 믿고 싶다. 그건 일이나 취미뿐만 아니라 인생의 위기에 빠진 순간에도 반드시 도움이 된다.

그것이 '생각하는 힘'이다.

마쓰무라 유리에게 사회가, 내가 주지 못한 것…….

마유리는 테이블 위에 올려 두었던 자기 연필을 손에 쥐고 가만히 바라보았다.

"그거, 돈 들어요?"

"아니, 무료로 할 생각이야. 아마 신지도 참가할 것 같아. 뭐라고 할까, 학원 같은 딱딱한 게 아니라 빵집 아저씨가 하는 작은 공부방이라고 생각하면 돼."

"엄마한테는 제대로 말하지 않으면 안 되겠죠?"

"물론이지. 부모님 허락도 없이 마음대로 가르칠 수는 없으니까. 엄마가 걱정하시면 한번 보러 오셔도 좋고. 아, 맞다. 주무실 시간이라 어려우시려나."

수요일에 열 예정이니 학교가 끝난 뒤부터 저녁 식사 전까지 진행할 예정이었다.

"음, 그렇긴 한데요. 사실은 그게……."

마유리는 말을 하다 말고 괜히 연필을 흔들어댔다. 그러더니 손을 멈추고 망설임이 한가득 담긴 눈으로 나를 쳐다보았다. 처음 보는 표정이었다.

"사실은요. 숙제 보여 주러 여기 오는 거, 아직 엄마한테 말 안 했어요."

"뭐……?"

이번에는 이쪽이 당황할 차례였다. 약속이랑 다르잖아, 라는 말이 목구멍까지 올라왔지만 나무라서는 안 된다고 마음을 가라앉혔다.

"왜 말 안 했어?"

마유리는 시선을 피하고 다시 연필을 흔들며 말했다.

"그야, 엄마가 너무 바빠 보이니까 왠지 말하기가 힘들어서. 그러다 보니 그대로 말을 못 했어요."

마치 변명처럼 들렸다. 일이 있는 날에는 이야기를 꺼내기가 어렵다는 말은 사실일 것이다. 하지만 쉬는 날은 있을 테니 기회가 아예 없지는 않았을 것이다.

우선 이유를 캐묻는 건 나중으로 미루고 대처할 방법을 생각했다. 무엇보다 마유리가 무얼 원하는지가 중요했다.

"내가 한번 엄마를 뵙고 말씀을 드려도 될까? 이렇게 되었으니 지금까지 숙제를 봐줬다는 사실은 비밀로 하는 편이

나을지도 모르겠다. 괜히 더 꼬일 것 같으니. 그런 다음 숙제랑 공부방에 대해 엄마한테 전하는 거야. 어떻게 생각해?"

"네. 그게 좋을 것 같아요."

마유리는 순순히 고개를 끄덕여 주었다.

공부방은 마유리 때문이 아니라 원래 계획했던 일이라고 하는 게 좋을지도 모르겠다. 혹은 이미 시작했다고 하거나. 그래야 마유리의 어머니도 괜히 마음을 쓰지 않고 받아들여 주지 않을까.

"엄마가 쉬는 날 저녁쯤 찾아뵈면 될까?"

마유리는 다시 고개를 끄덕끄덕 움직였다.

그렇게 해서 나는 이치조 마유리의 집을 방문하기로 했다.

이 마을의 주택가는 호화롭고 모던한 저택이 자리 잡은 구획, 매매용으로 새로 지은 듯한 단독 주택들이 늘어선 구획, 연립 주택이 모여 있는 구획 그리고 오래된 집들이 빽빽이 자리한 구획으로 비교적 분명하게 나뉘어 있다.

이치조 마유리의 집은 연립 주택이 모인 구역의 변두리에서 40년 넘는 세월의 눈바람을 고스란히 벽에 새긴 8층짜리 건물로, 단지라는 명칭이 정확히 들어맞았다.

최근에 바꿨는지 엘리베이터는 깨끗하고 새것 같았지만, 2층이었기에 옆에 있는 어두침침한 계단을 올랐다. 2층 가운데 부근에 위치한 206호 앞에 섰다. 오후 6시, 약속한 시간보다 2분 이르게 초인종을 눌렀다. 인터폰으로는 아무 말도 나누지 않고 곧장 문이 열렸다.

갑자기 나타난 험악한 눈길에 하마터면 기가 죽을 뻔했다.

얼굴을 내비친 사람은 마유리의 어머니로 보였다. 나이는 아마 마흔 전후인 듯하고 이목구비가 반듯해 보였지만, 생활의 피로를 화장으로 덮고 있다는 인상이 강했다. 키는 나보다 머리 하나만큼 작았으나 평균 키로 보였다.

그리 환영받지 못하겠거니 짐작하며 정중하게 고개를 숙였다.

"처음 뵙겠습니다. 구로하 산고라고 합니다. 구로하 베이커리라는 빵집을 아버지와 함께 운영하고 있고……."

"네, 딸한테 이야기는 들었어요. 일단 들어오세요."

집 안으로 안내받았다. 문전박대 같은 최악의 전개는 아니었던 데다 목소리는 표정만큼 험악하지는 않았지만 안심은 할 수 없었다. 단순히 무뚝뚝한 사람이 아니라 채 숨기지 못한 경계심을 풍기고 있었다.

선물로 가져온 빵을 자연스럽게 건넨 뒤 부엌 겸 식당에 놓인 테이블에 마주 보고 앉았다. 올려진 물건이 많아 세련된 식탁이라고는 할 수 없었지만, 어수선하거나 더럽지는 않았다. 부엌도 마찬가지였다. 내가 온다고 해서 급하게 치운 느낌도 아니었다.

실내의 상태를 살피며 이치조 집안의 생활상을 좀 더 자세히 분석하다가 퍼뜩 나쁜 습관이라는 생각이 들어 그만두었다.

마유리의 모습은 보이지 않았다. 옆방으로 통하는 나무 미닫이문은 닫혀 있어서 문 너머에 있는지 아니면 집 밖에 있는지는 알 수 없었다.

찻잔에 담긴 차를 내밀며 그녀가 물었다.

"3월까지 초등학교 선생님이셨다면서요?"

"네, 맞습니다. ……잘 마시겠습니다."

"왜 그만두셨나요?"

얼굴에 띤 미소 뒤편에서 예상치 못한 질문에 당황했다.

처음 만난 사람에게 그런 질문은 너무 섬세하지 못한 것 아닌가 싶었지만, 엄마의 불안도 이해가 됐다. 문제를 일으켜서 잘린 사람일지도 모르니 말이다. 전직 교사라는 신분은 반드시 안심할 소재라고는 할 수 없었다.

그래서 되도록 성심껏 대답하고 싶었지만, 상당히 어려운 질문이기도 했다.

"이유는 한 가지가 아닙니다. 여러 까닭이 있었고 그중 어떤 이유가 얼마나 마음을 차지하고 있는지는 저 스스로도 잘 모릅니다. 그래도 한마디로 말하자면 교사보다 더 하고 싶은 일을 찾아서라고 할까요. 아들을 도쿄가 아니라 저의 고향인 이곳에서 키우고 싶다는 마음도 있었습니다. 어머니를, 아니, 아버지에게는 아내이지요. 아내를 잃은 아버지에게 힘이 되어 주고 싶다는 마음도 있었고요."

작년 여름, 어머니는 은행의 현금 인출기 앞에 줄을 서 있다가 의식을 잃고 쓰러져 바로 구급차로 이송되었지만, 의식을 되찾지 못한 채 돌아올 수 없는 사람이 되었다. 아무런 조짐도 없는, 갑작스러운 불행이었다.

아버지는 크게 상심했고 동시에 일손을 잃었다는 현실적인 이유도 있어서 한 달간 구로하 베이커리를 닫았다. 그 후 사람을 구해 가게를 다시 열었지만, 좀체 뜻대로 굴러가지 않았던 모양이다. 그 시기에는 매일같이 전화로 아버지의 푸념을 들어야 했다.

어머니가 세상을 떠나기 전부터 교직을 그만두고 고향으로 돌아갈까 하는 고민은 늘 안고 있었다. 방금 이야기한 생활 환경 같은 부분뿐만 아니라 지금의 학교 교육에 대한 의문, 초등학교 교사라는 직업에 대한 의문도 없었다고 하면 거짓말이다.

그리고 여기서 입에 담고 싶지는 않았지만, 아내 고코미와의 관계에 관한 부분도 있었다.

그런 여러 요소가 지난 해 한꺼번에 밀어닥쳐 마침내 교직을 그만두고 아버지의 가게에서 일하기로 결심한 것이다.

마유리의 어머니는 조금 미안한 듯한 표정을 지었다.

"미안합니다. 갑자기 이런 무례한 질문을 드려서."

"아뇨, 괜찮습니다."

"그래서, 딸의 숙제를 봐주시겠다는 이야기였지요."

그렇다고 대답하고서 마유리와 만난 이후 있었던 일들을 다시 한 번 자세히 설명했다.

다만 겉치레가 섞인 커버스토리이기는 했다. 도둑질이 계기였다는 사실이나 이미 몇 번 숙제를 봐주었다는 점은 덮어두는 수밖에 없었다. 전자는 마유리와의 신뢰 관계를 지키기 위해서이고, 후자는 아이 어머니에게 쓸데없는 의심을 안겨주지 않기 위해서였다.

과거에 익힌 솜씨를 살려서 가게의 정기 휴일에 무료 공부방을 열 생각이라는 사실도 전했다. 이미 운영하고 있다는 거짓말은 알아보면 금방 알 수 있으니 그만두었다. 단, 어디까지나 마유리의 일과는 별개로 준비하고 있다는 식으로 말했다. 마유리를 위해서라고 말해 버리면 괜히 더 의심스럽게 볼 것 같은 느낌이 들었기 때문이다.

과거 '교사'라는 직업을 가졌던 만큼 다른 사람 앞에서 말을 하거나 보호자를 대하는 일은 익숙하다. 자연스럽게 말하는 것은 자신이 있었다.

그러나 마유리 어머니의 경계심은 흐려질 기미가 보이지 않았다.

"무슨 말씀이신지 알겠습니다. 다만 의심하는 건 아니지만, 당신이 이 마을의 빵집에서 일하는 구로……"

"구로하 산고입니다."

"그랬죠. 죄송합니다. 구로하 산고 씨라고 증명할 수 있는 뭔가가 있을까요? 그리고 실제로 당신이 초등학교 선생님이었다는 사실도요. 아니, 의심하는 건 아니지만요."

마음속으로 쓰게 웃으면서 미리 준비해 온 증거를 내밀었다. 그녀가 나의 신원을 확인하고 싶어 하리라는 점은 충분히 예상할 수 있었다.

우선 본인의 스마트폰으로 '구로하 베이커리'를 검색하게 했다. 거기에 아버지와 나의 사진이 올라가 있기 때문이다. 그리고 교원 자격증과 신분증 그리고 교사 시절 사진과 구로하 베이커리에서 찍은 사진도 보여 주었다.

"감사합니다. 그렇다고 절대 의심한 건 아니지만요."

확실히 의심하셨지요.

"아뇨, 의심하시는 게 당연하죠. 소중한 따님에 관한 일이니까요."

"그런데······"라고 말하며 그녀는 양팔을 테이블 위에 얹었다. 불현듯 방 안의 공기가 팽팽해졌다.

"아무리 해도 이해가 되지 않아요. 왜 타인인 그쪽이, 우리 마유리의 숙제를 봐준다는 거죠? 그것도 공짜로."

여기가 승부처구나, 하고 직감했다.

그렇다고 마쓰무라 유리에 관해 이야기할 생각은 없었다. 이 상황에서 말해봤자 지어낸 이야기 같아서 오히려 수상하게 여길 듯했기 때문이다. 오해를 사지 않도록 성실하게 대답하는 수밖에 없다고 마음을 단단히 먹었다.

"그건 역시 제가 교사였기 때문이라고 생각합니다. 제가 교사 생활을 한 건 10년하고도 조금이라 길지는 않지만 짧지도 않죠. 그동안 많은 아이들을 봐 왔습니다. 안타깝게도 공부를 못해서 학교를 마음껏 즐기지 못하는 아이도 많이 봤습니다. 교사였던 시절에는 제 나름대로 있는 힘껏 노력했습니다. 하지만 교사라는 입장이기에 한계도 있었죠.

지금은 아버지 밑에서 빵 만드는 길을 선택했지만, 그런 저이기에 할 수 있는 일이 있을 거라고 생각했습니다. 그래서 무료 공부방을 생각했고요. 공부가 서툴러 뒤처지는 아이를 하나라도, 둘이라도 도와주고 싶었습니다. 그런 와중에 마유리 양을 우연히 만났고요. 그러다 아주 자연스럽게 마유리 양의 힘이 되어 주고 싶다는 생각이 들었습니다."

물론 전후 관계 등 거짓말은 일부 포함되어 있다. 하지만 마음에 관해서는 조금도 거짓이 없었다.

하지만 그녀의 눈은 처음 문을 열었을 때와 다름없이 수상쩍어하는 눈초리였다. 지금 한 말이 조금도 가닿지 않았음을 깨달았다. 변명을 더하듯 다시 입을 열자 그녀가 "그러면!" 하고 강한 목소리로 가로막았다.

"돈을 받고 학원을 열면 되잖아요. 왜 무료인가요?"

"그건……." 필사적으로 말을 찾았다. 이유를 찾았다. "이를테면 마유리 양의 경우도 그렇습니다. 수업료를 내고 숙제를 봐 달라고 하기는 어렵지 않겠습니까. 하지만 아이가 공부를 싫어하게 되는 계기란 그런 아무것도 아닌, 작은 부분일지도 모릅니다." 마쓰무라 유리가 그랬을지도 모르듯이. "그러니 무료로 만들어서 좀 더 마음 편한, 가르치는 쪽도 배우는 아이도 부담 없는 곳으로 만들 수 있지 않을까 생각했습니다."

"네? 그럼 마유리 이야기를 듣고 무료 공부방을 생각하셨다는 건가요?"

"아뇨, 그게 아니라 그런 생각을 하던 차에 우연히 마유리 양을 만났다는 이야기입니다."

마음은 괴롭지만, 이 거짓말은 끝까지 밀고 나가는 수밖에 없었다.

그녀의 눈은 여전히 가라앉아 있었다. 뭔가 이상하다고 머릿속에서 경고음이 울리기 시작했다.

"죄송하지만, 저는 구로하 씨를 전혀 믿지 못하겠네요. 사흘 전에 마유리의 담임 선생님과 길에서 우연히 마주쳤거든요."

경고의 정체가 머릿속에서 형태를 갖추기 시작했다.

"20대 후반쯤 되는 젊은 여자 선생님이에요. 알랑거리는 말투라 저는 그리 좋아하지 않지만요. 아무튼, 그때 선생님이 그러더군요. 요즘은 숙제를 봐주셔서 감사하다고요. 그때는 대충 맞장구를 쳤지만 이상하더라고요. 다른 엄마랑 헷갈렸나 했죠. 그런데 나중에 마유리에게 이야기를 들으니 감이 오더군요. 구로하 씨……."

웃음 섞인 목소리가 더 오싹하게 느껴졌다.

"당신 이미 몇 번이나 우리 애 숙제를 봐줬죠? 저한테 거짓말하고 있는 거죠?"

실수했구나, 하는 생각이 들었다. 가장 무난하다고 판단한 방법이 오히려 사태를 복잡하게 꼬아 버렸다.

"죄송합니다……." 테이블에 이마가 닿을 정도로 머리를 숙였다. 더 이상 거짓말을 되풀이할 수는 없으니 솔직하게 털어놓을 수밖에 없었다. "마유리 양에게는 어머니께 허락을 받으라고 말했습니다만, 제가 확인을 소홀이 한 탓에 뒤늦게 허락을 받게 되었습니다."

"허락이라니, 저는 아직 허락하지 않았는데요?"

"아, 그렇죠. 죄송합니다."

"애초에 왜 아이 숙제를 보려고 한 거죠? 그것도 공짜로."

그녀는 무료라는 점에 지나치게 신경을 쓰는 경향이 있었지만, 지금은 거기에 주의를 기울일 때가 아니었다.

"그 점에 대해서는 앞서 설명해 드린 내용 그대로입니다. 이런 사소한 이유로 공부를 싫어하게 되는 아이를 줄이고 싶어서……."

"아니, 아니, 당신 거짓말하고 있었잖아요. 이미 몇 번이나 마유리의 숙제를 봐줬잖아요. 그런 사람 말을 믿을 수 있을 것 같아요? 기분 나쁘게."

기분 나쁘다……. 그것이 그녀의 본심임을 깨달았다.

아이를 생각하는 마음은 이해하지만, 아니, 이해는 하고 싶지만 이쪽도 사람이다. 글자 그대로, 들었을 때 기분 좋은 말은 아니었다.

"저도 하나 여쭙고 싶습니다만, 어째서 따님의 숙제를 봐주지 않으시나요?"

그녀는 욱한 듯 눈을 흘겼다.

"시간이 없거든요. 마유리한테 못 들었어요? 저는 야간 근무를 하느라 저녁이면 출근 전이라고요."

"네, 들었습니다. 그래도 10분, 아니 5분이어도 좋습니다. 시간을 조금도 내지 못하는 건 아니지 않습니까?"

"시간 없다고 말했잖아요. 왜 당신한테 그런 말을 들어야 하죠?"

"숙제를 봐주셨으면 하니까요. 그것만으로도 아이의 의욕은 크게 달라질 겁니다."

"애당초 이상하잖아요." 그녀는 마치 깔보듯이 웃었다. "숙제를 보는 건 선생님 일이잖아요. 왜 부모한테 떠넘기는데요? 선생이 그렇게 잘났나요?"

"잘났다든지 그런 게 아니라, 숙제에 부모님을 끌어들이는 이유는…… 아니, 그런 이야기를 하고 싶은 게 아닙니다. 바빠서 보지 못하는 건 어쩔 수 없다고 생각합니다. 그러니 저라도 괜찮다면 힘이 되고 싶다고 생각한 겁니다. 안 되나요?"

"당신, 숙제를 못 봐주는 이 나라의 모든 부모를 대신할 생각이에요?"

"이 나라의 '모든'은 물론 불가능하죠."

나도 모르게 무슨 감정인지 알 수 없는 메마른 웃음이 새어 나왔다. 서로 좀 더 깊이 이해하기 위해 말을 주고받고 있건만, 오히려 이야기를 나누면 나눌수록 이해가 아니라 골이 깊어지는 느낌이었다.

그녀가 미간에 혐오감을 담은 듯 내뱉었다.

"왜 그렇게 마유리의 숙제를 보고 싶어 하냐고요. 기분 나쁘게."

내 안에서 무언가 소리를 냈다.

"엄마로서 아이의 행복을 생각하기는 합니까?"

가는 말이 고와야 오는 말이 곱다지만 이건 해서는 안 되는 말이었다는 후회가 거세게 몰려왔다. 그녀의 두 눈에서 그리고 온몸에서 뚜렷한 분노가 퍼져 나왔다.

"생판 모르는 남한테 그런 말 들을 이유는 없는데요. 마유리를 지금까지 키운 게 누구라고 생각하는 거죠?"

"죄송합니다. 방금 한 말은 분명히 실언이었습니다. 사과드립니다."

푹 숙인 내 머리 위로 노여움이 가시지 않은 목소리가 쏟아졌다.

"두 번 다시 딸에게 접근하지 마세요. 가게에도 절대 보내지 않을 겁니다."

더 이상 무슨 말을 해도 불에 기름을 끼얹은 격이라는 점은 명확했다. 시간을 내주어서 고맙다고 사무적으로 인사하고 자리를 뜰 수밖에 없었다.

아무도 없는 어두침침한 계단까지 왔을 때 잠시 멈춰 서서 마음 가는 대로 벽을 주먹으로 쳤다. 콘크리트 벽이니 두드려도 큰 소리는 나지 않을 거라고 생각할 만큼은 침착했지만, 분노인지 안타까움인지 슬픔인지 답답함인지 알 수 없는 감정이 질척하게 소용돌이쳤다. 누구에게 하는 말인지도 모른 채 "빌어먹을!" 하고 내뱉고서 다시 한 번 벽을 쳤다.

마유리 어머니와의 대화는 예상을 훌쩍 뛰어넘도록 쓰디쓴 뒷맛을 남긴 채 완전한 실패로 끝나 버렸다.

"하아……."

그날 저녁 식탁에서 나는 거하게 한숨을 내쉬었다. 아이 앞에서 분위기를 흐리는 짓은 하고 싶지 않았지만, 나오는 건 어쩔 수 없었다.

아버지가 나를 격려해 주었다.

"너무 낙심하지 마. 나는 산고 네가 잘못했다고는 생각하지 않아. 그 엄마 쪽이 이상한 거지."

오늘 있었던 일을 되도록 개인감정을 섞지 않고 모두 설명한 참이었다.

마유리의 일은 아버지도 신지도 이미 관계가 있으니 입을 다물고 있을 수는 없었다. 현재 상황과 자기 자신의 마음을 객관적으로 바라보고 싶다는 마음도 있었다. 덕분에 대화를 나눈 직후보다 어느 정도 정리가 된 기분이었다.

"아버지가 그렇게 생각한다니 기쁘지만, 딸을 걱정하는 엄마로서는 당연한 반응이었다고 생각해요. 처음부터 좀 더 제대로 말했으면 이런 사태는 피할 수 있었을 텐데. 내가 제대로 확인하지 않은 것도 그렇고, 이치조의 거짓말을 알아채지 못한 것도 한심하죠. 게다가 무난하게 넘어갈 생각만 하느라 자꾸 거짓말을 한 것도 실책이었고요."

다만 실제로도 좀 상대하기 어려운 학부모이기는 했다. 완전히 같은 상황이더라도 있는 그대로 받아들이고 오히려 "공부를 봐주셔서 감사합니다"라고 인사하는 어머니도 있을 것이다.

하지만 그러기를 기대하는 것도 잘못이지 싶었다. 사람이 천차만별이라는 사실은 이미 지겹도록 실감했다. 마유리 어머니의 태도는 결코 불합리한 반응이 아니었고 나에게도 과실이 있었다는 점은 틀림없는 사실이었다.

"그래서, 어찌할 셈이냐?"

으음, 하고 아버지에게 건성으로 대답하면서 전갱이 튀김을 입에 넣었다. 오늘은 역시 요리할 시간이 없어서 반찬은 돌아오는 길에 슈퍼마켓에서 산 완제품이었다.

"어떻게 하고 말고, 지금은 어찌할 도리가 없어 보여요. 조용히 지켜보는 수밖에 없지 않을까요?"

"그럼 마유리의 숙제는 누가 봐주나?"

"엄마가 봐주면 좋겠지만, 그걸 기대할 수는 없겠죠. 우리는 결국 남이니까."

말하고 나서 꽤나 무책임한 말이라는 생각에 마음이 괴로워졌다. 하지만 '조용히 지켜보는 수밖에 없다'는 결론은 흔들리지 않았다. 지금 섣불리 움직였다가는 그녀의 역린을 건드릴 뿐이다.

　교사 시절에도 매한가지였다. 설령 보호자의 태도를 납득하기 어렵더라도, 그게 도리라고 믿어도, 선을 넘어 개입하면 클레임과 윗사람의 질책이 기다릴 뿐이었다. 보호자의 권한은 절대적이며, 담임 선생님이라 해도 결국은 공부를 가르치기 위해 고용된 말단 공무원에 지나지 않았다. 하물며 지금은 교사도 아닌 빵집 아저씨니까.

　이번에는 아버지가 한숨을 쉬고 손자를 쳐다보았다. 신지는 이야기를 듣고 이따금 불만스러운 표정을 지으면서도 한결같이 무관심한 척하고 있었다.

　"신지, 마유리는 옆 반 친구잖냐. 같이 이야기해서 어떻게 할 수 없을까?"

　"엥, 나랑은 아무 상관없잖아."

　"상관없지는 않지. 요전에 만났잖아."

　"만난 게 전부인데. 말도 별로 안 했고 친구도 아니고."

　"아이, 매정한 소리 하지 말고. 마유리가 가엾지 않아?"

　"별로, 안 가여운데."

　"크하, 매정하다. 아니, 남자라면 여자를 지켜 줘야지. 이럴 때는 발 벗고 나서 주는 거야."

"할아버지, 지금은 그런 말 하면 안 돼. 남자는 여자를 지켜 줘야 한다든지, 그런 사고방식은 차별이니까."

"크하, 거참 번잡스런 시대구먼!"

두 사람의 대화가 우스꽝스러워서 작게 웃음이 터졌다. 침울했던 마음이 조금 풀어진 기분이었다.

"어쨌든." 아버지는 말을 이었다. "지금 마유리를 만나서 이야기할 수 있는 건 신지뿐이니 말이다. 신경 좀 써 주지 않으련?"

"음, 뭐……"

신지는 말을 흐리며 애매하게 수긍했다. 신경 써 주라는 말을 들어도 뭘 어떻게 해야 할지 모를 터였다. 다만 지금 상황에서 마유리를 만날 수 있는 사람은 신지뿐이라는 것도 사실이었다.

마유리의 어머니는 내게 선언한 대로 앞으로 구로하 베이커리에 가서는 안 된다고 딸에게 말할 테고 마유리는 그 말을 들을 수밖에 없다. 들통났을 때 벌어질 일을 생각하면 엄마의 말을 거스르지는 않을 듯했다. 적어도 관심이 식을 때까지는 가게에 오지 않을 것이다. 그게 한 달일지, 반년일지, 더 오래일지는 알 수 없지만.

마유리는 지금 어떤 마음인지, 무슨 생각을 하는지만이라도 알고 싶었지만, 아무리 부모의 부탁이라도 신지에게는 부담이 될까 봐 말을 꺼내기가 망설여졌다.

신지는 우물우물 입을 움직이면서 뭔가를 생각하듯이 심기가 조금 불편한 얼굴로 천장을 올려다보았다.

◠

학교 건물 1층에 있는 신발장 앞에서는 여기저기서 "안녕!"이라는 목소리가 들려온다.

신발을 실내화로 갈아 신고 납작하게 접힌 뒤축을 펴려고 어정쩡하게 몸을 앞으로 구부렸을 때 누가 내 어깨를 두드렸다. 부자연스러운 자세 그대로 고개를 돌려 위를 올려다보았다. 둥근 얼굴에 웃음을 띤 이다 류노스케가 서 있었다.

아침 인사를 나눈 다음 류노스케는 여전히 싱글벙글 웃는 얼굴로 조금 빠르게 말하기 시작했다.

"어제 말한 거 봤어. 유튜브 그거."

"오오, 봤구나! 재밌지?"

"응, 엄청 웃었어. 그다음 다른 영상도 봤는데 다 재밌더라. 바로 팬이 돼 버렸어."

"그렇지? 그 사람 분명……."

"저기."

불쑥 울린 날카로운 목소리에 말이 끊어졌다. 목소리의 주인에게 눈길을 돌렸다가 헉 하고 숨을 멈추었다. 이치조 마유리였다.

"지나가도 될까?"

신발장 앞 좁은 통로에서 이야기하느라 어느새 길을 막는 모양새가 되어 있었다. "아, 미안" 하고 신발장에 바싹 달라붙듯 비켜서 길을 열어 주자 그 아이는 "고마워"라고 들릴 듯 말 듯한 작은 목소리로 말하고 지나갔다.

"아는 애야?"

이치조의 뒷모습을 바라보며 류노스케가 작은 목소리로 물었다.

"어? 왜 그렇게 생각하는데?"

"아니, 왠지 그래 보였거든."

나는 4월에 막 전학을 온 참이라 어지간한 이유가 있지 않고서야 다른 반에는 아는 애가 없었다. 이치조 마유리는 몇 안 되는 예외였지만, 류노스케에게 말한 적은 없었다.

역시 미스터리 드라마를 좋아하는 만큼 예리하다고 생각하면서 반사적으로 목구멍까지 나왔던 아니라는 말을 도로 집어넣었다.

류노스케라면 도움이 되어 주지 않을까?

"너는 알아?"

교실을 향해 복도로 걸음을 내디디며 물어보았다.

"작년에 같은 반이었으니까. 2학기. 그것도 여름방학 끝나자마자도 아니고 아주 애매한 시기에 전학을 왔거든. 거의, 아니, 한 마디도 안 해 봤지만, 아마 이치, 이치……."

"이치조."

"맞아. 맞아. 이치조. 어? 역시 아는구나."

"저기 말이야. 좀 상의하고 싶은 일이 있는데, 괜찮아?"

"상의? 응, 나라도 괜찮다면."

"고마워. 설명하는 데 시간이 걸릴 것 같으니까 점심시간에 어때?"

"그렇게 복잡한 이야기구나. 어떤 건데?"

"으음…… 다른 집안 이야기."

류노스케는 의아하다는 표정으로 고개를 갸우뚱했다.

아빠와 이치조네 엄마가 대화에 실패한 뒤 이미 일주일이 지났다.

이치조는 그 일 이후 역시 가게에 오지 않게 된 모양이었다.

할아버지는 이치조를 '신경 써 주라고' 했지만, 어떻게 해야 할지 전혀 몰라서 줄곧 방치하고 있었다. 복도나 다른 곳에서 우연히 마주칠 때도 있지만, 말을 건 적은 없었다. 늘 새침하게 점잔을 빼고 있어서 다른 사람을 거부하는 느낌이 들었기 때문이다.

생각해 보니 이치조와 대화를 나눈 건 오늘 아침 신발장 앞에서가 처음이었다. 그걸 대화라 부를 수 있는지는 모르겠지만.

점심시간, 류노스케와 함께 체육 창고 벽에 기대서 이치조에게 일어난 일에 대해 이야기했다. 다른 사람의 집안 사정을 파고드는 이야기이니 다른 사람의 귀에 들어가지 않는 편이 좋을 듯해서였다. 여기라면 인기척이 거의 없어서 누군가 엿들을 우려도 없었다.

계속 아무것도 하지 못했지만, 그 일이 줄곧 신경 쓰이기는 했다. 공부방에 관한 계획이 없어져서 마음이 놓이는 한편 왜 아빠가 그런 소리를 들어야 했는지 납득하지 못하는 마음도 컸다.

이야기를 하는 사이 류노스케의 표정이 점점 심각해졌다.

"……그래서 이치조는 우리 가게에 오지 못하게 됐어. 대충 이런 내용이려나."

"너무 가혹한 이야기야."

"그런……가? 나라면 부모님이 안 봐주니까 숙제를 빼먹을 핑계가 생겼다고 좋아할지도 모르겠는데."

"그건 아마 신지의 아버지가 훌륭한 분이라 오히려 그렇게 생각하는 걸 거야."

"그런가?"

이해가 잘 되지 않았다. 그러는 류노스케의 성적은 나보다 한참 낮아서 밑에서부터 세는 편이 빠르다. 그냥 천성이 착실한 걸까.

"그래서 신지는 어떻게 하고 싶어?"

"어떻게 하고 싶다기보다는 어떻게 하면 좋을지 알고 싶어서 상의한 거야. 할아버지는 신경 써 주라고 하긴 했지만."

류노스케는 고개를 끄덕이며 팔짱을 끼고 곰곰이 생각하는 자세를 취했다. 어른스럽다고 해야 할지, 연극을 하듯 좀 과장된 몸짓처럼 느껴졌다.

"아무튼 우선은 이치조의 이야기를 들어 봐야겠네. 여전히 어머니가 숙제를 봐주지 않는지, 아니면 변화가 있었는지. 무엇보다 이치조가 어떻게 하고 싶은지를 본인에게 먼저 확인해야지."

"아, 그렇지."

듣고 보니 방법이라고는 오로지 그것뿐이어서 왜 진즉 생각하지 못했는지 어처구니가 없었다. 하지만 일단 얼굴은 안다 해도 반도 다르고 잘 알지도 못하는 여자아이에게 말을 걸려면 제법 용기가 필요했다.

"류노스케도 같이 가 줄래?"

"응. 좋아. 그럼 방과 후에 교실 앞에서 붙잡는 작전은 어때?"

"오. 역시. 그 작전으로 가자."

곧장 도와주겠다고 말하고 재빨리 계획도 세워 주다니. 상상 이상으로 믿음직한 파트너가 되어 줄 것 같았다.

수업이 끝난 후 이치조가 있는 2반 교실 앞에서 기다렸다. 친구 없이 혼자 교실을 나오고 있는 이치조를 보자 마음이 놓였다. 그쪽이 말을 걸기가 조금 더 쉽기 때문이다. 그런데 우리의 존재를 눈치챈 이치조가 먼저 말을 걸었다.

"뭐 볼일 있어?"

"아, 아니, 딱히 볼일까지는 아니지만."

갑작스러운 상황에 미리 준비해 두었던 대사가 몽땅 날아가 횡설수설하는 나를 대신해 류노스케가 대답했다.

"사실은 이치조에게 물어보고 싶은 게 있어서. 음, 나는 3학년 때 같은 반이었던 이다 류노스케인데, 기억해?"

"아아, 응. 대충. 대화한 기억은 없지만."

"나도 그래." 류노스케는 헤헤헤 하고 웃었다. "신지한테 이런저런 이야기를 들었어. 무슨 내용이었는지는 짐작이 가겠지만, 어때? 잠시 이야기를 나눴으면 좋겠는데."

류노스케는 반의 중심이 되는 부류는 전혀 아니었지만, 남자라면 누구하고든 곧잘 이야기를 나누어서 은근히 커뮤니

케이션 능력이 높은 친구라고 생각하기는 했다. 그건 그렇다 쳐도 '한 번 같은 반이었을 뿐'인 여자아이에게도 주눅 들지 않고 말하는 모습을 보고 새삼 대단한 녀석이라고 감격했다.

이치조는 잠시 난처한 듯한, 골똘히 생각하는 듯한 표정으로 왼쪽 아래를 보다가 "그러든지"라고 대답했다.

"어디서 이야기할 거야?"

"서서 말하기도 뭐하니 어디 시원한 데로 갈까?"

대답한 사람은 역시 류노스케였다. 퍽 어른스러운 말을 쓴다고 감탄하면서도 완전히 주도권이 넘어갔다는 사실에 스스로가 한심하게 느껴졌다. 나도 좀 더 제대로 해야지.

류노스케가 향한 곳은 다른 건물 옆, 학교 뒷문과 가까운 장소였다. 나무가 울타리에 둘러싸인 채 서 있고 그 옆에 벤치가 있어서 걸터앉았다. 나무 그늘인 데다 바람도 통해서 확실히 시원하고 뒷문 근처라 지나가는 사람도 거의 없었다. 이런 곳이 있다는 사실 자체를 처음 알았다.

벤치에는 이치조, 나, 류노스케 순서로 앉았다. 역시 여기서부터는 내가 리드해야만 했다.

"어, 저기, 아빠한테 이야기는 들었어. 우리 아빠랑 이치조네 엄마랑 싸웠다고."

"싸운 거하고는 좀 다른 듯한데."

"그, 그런가, 그렇군. 아무튼 그것 때문에 아빠도 무척 낙심해서 이치조한테 사과하고 싶어 했어. 하지만 이제 만날 수 없으니까. 그러니까 나보고 대신 사과해 달라고 해서. 미안하다고."

실제로 그런 말을 하지는 않았지만, 대화의 계기로는 괜찮은 생각이 아닐까 싶었다.

"그랬구나. 하지만 나는 딱히 구로하 씨가 잘못했다고 생각하지는 않아. 그러니까 사과할 필요도 없고."

우리 아빠를 같은 학년 여자아이가 '구로하 씨'라고 불렀다는 사실에 가슴이 덜컥했다.

"그래……. 아무튼 그래서 그 후로 어떻게 됐는지 아빠도 궁금해서 말이야."

내가 생각하기에도 말이 너무 구구절절하다고 생각하던 차에 류노스케가 말을 거들어 주었다.

"어머니는 그 후로 숙제를 봐주셔?"

이치조는 천천히 고개를 좌우로 흔들었다.

"여전해. 뭐, 바쁘니까 어쩔 수 없다고는 생각해. 나도 기대는 안 했고."

"그래서……." 나는 목소리를 짜냈다. "너는 어떻게 하고 싶은가 해서. 전처럼 아빠가 숙제를 봐줬으면 하는지 어떤지. 그리고 공부방? 그 이야기도 하고 있었잖아."

이치조는 바로 대답하지 않고 고개를 조금 기울인 채 앞으로 비스듬히 시선을 던졌다. 학교 건물 옆에는 콘크리트로 된 받침이 있고 커다란 실외기가 여러 대 놓여 있었다. 지금은 움직이지 않는 실외기를 바라보며 그 아이는 미지근한 바람 대신 감정이 비치지 않는 말을 내뱉었다.

"별로 어떻게 되든 상관없어. 예전 같은 상태로 돌아간 것뿐이니까. 그냥 나 혼자 어떻게 할 수 있을 것 같기도 하고."

그렇구나, 라고 말하면 이 시간은 끝나 버린다. 하지만 대신할 말도 찾을 수 없었다. 결국 아무 말도 나오지 않아 내가 대체 뭘 두려워하고 있는 건지 문득 궁금해졌다.

대답하지 못하는 나 대신 믿음직한 파트너가 다시 입을 열었다.

"예를 들어 만약 어머니가 이번 일을 없던 일로 하고 이치조가 다시 구로하 베이커리에 다닐 수 있게 되면 그건 그거대로 좋다는 거지?"

이치조가 의아한 듯 나를 쳐다보았다. 정확히는 내 옆에 앉은 류노스케를 쳐다봐서 몸을 젖히듯이 머리를 뒤로 뺐지만, 이치조는 곧 고개를 앞으로 돌렸다.

"그러니까, 나는 어느 쪽이든 상관없다고."

"그러면 말이야, 우리가 이치조네 어머니한테 부탁해도 될까? 아마 그저 이야기가 잘 맞물리지 않은 탓일 거야. 오해를 풀면 아마 괜찮지 않을까?"

아마, 아마……. 류노스케의 말은 무척 애매했지만, 그렇게 느껴지지 않을 만큼 자신감에 가득 찬 목소리였다.

"소용없을걸. 초등학생이 하는 말을 귀담아들어 줄 것 같아?"

"하는 데까지 해 볼 가치는 있을 것 같아서 말이야. 물론 만나 주실지 어떨지가 문제지만."

"글쎄. 아쉽지만 만나 주지 않을 거야. 나도 이런 이야기 엄마한테 하기 싫고. 결국 혼나는 건 나니까."

"그래, 그렇겠구나. 미안……."

류노스케가 깨끗이 물러나자 나는 초조한 마음으로 말을 이어 갈 이야깃거리를 찾았다.

"그럼 말을 들어줄 상황을 만들면 되겠네."

별생각 없이 말한 것치고는 내가 봐도 좋은 생각이었다. 류노스케는 "그런 방법이 있구나" 하고 맞장구를 쳤다.

"그런데 말을 들어줄 상황이란 뭐가 있을까?"

"음, 으음…… 그래! 약점을 잡는다든지."

"그건 협박이잖아. 애초에 찾는다고 장담할 수도 없고."

"그, 그렇지." 옆에서 차가운 시선이 느껴져 류노스케에게서 눈을 뗄 수 없었다. "그, 그러니까 반대로 고맙다고 인사 받을 상황을 만든다든지. 그러면 이야기를 들어줄지도 모르잖아."

그렇구나, 하며 류노스케는 팔짱을 꼈다.

"그런데 고맙다고 인사 받을 상황이 뭐가 있을까? 상대는 어른인데, 우리가 할 수 있는 일이 있을까?"

방향성은 괜찮은 듯했지만, 우리는 거기서 주춤하고 말았다. 이런 걸 뭐라고 하더라. 말하기 쉽고 화내기 쉽다, 뭐 그런 말이었는데.

류노스케가 팔짱을 낀 채로 "이게 바로 말하기는 쉬우나 행하기는 어렵다는 거로구나"라고 말했다. 그래, 그거.

"우리 엄마는……."

갑자기 이치조가 입을 열어서 우리는 그 아이에게 눈길을 돌렸다. 이치조는 우리의 시선은 조금도 신경 쓰지 않는 듯이 곧게 앞을 바라본 채 마치 혼잣말하듯이 말했다.

"야간 근무를 하느라 평범한 경우와 반대로 낮에 자고 저녁에 일어나. 그런데 우리 집, 단지의 2층인데, 요즘 들어 누가 가끔씩 장난으로 초인종을 누르기 시작했어. 벨을 누르고 도망가는 거 말이야. 초인종 소리가 무지 크다 보니까 잠이 몽땅 달아나서 엄마도 엄청 화를 냈어. 애매한 시간에 일찍 일어나게 돼서 신경이 무척 날카롭지. 그렇다고 초인종을 끌 수도 없고, 애초에 초인종 소리는 끄지도 못하는 모양이야."

이치조가 한 말의 의미를 알아채고 퍼뜩 류노스케를 보았다. 확신에 찬 미소를 지으며 류노스케가 고개를 끄덕였다.

자꾸 벨을 울리고 달아나는 범인을 잡아내면, 이치조의 엄마가 우리에게 빚을 지게 만들 수 있다. 아니, 그 일에 대해 보고한다는 명목이 있으면 대화할 기회가 생길 것이다. 그때 숙제에 관한 말을 꺼내면 된다.

이치조의 말에 따르면 장난이 시작된 지는 한 달이 좀 넘었고 빈도는 일주일에 한 번 정도라고 했다. 대부분 평일 오후 네 시부터 여섯 시 사이인 듯했다.

그렇게 해서 우리에게는 또렷한 목표가 생겼다.

초인종 장난의 범인을 잡는 것이다.

"이런 거 왠지 두근두근하지 않아?"

"응. 잠복하는 형사 같아."

흥분을 주체하지 못하는 나와 달리 류노스케는 말과 정반대로 아주 차분해 보였다.

이치조의 이야기를 들은 다음 날, 우리는 단지의 비상계단에 진을 쳤다. 지금은 류노스케가 얼굴을 반만 내밀고 바깥 복도를 감시하는 중이다. 그야말로 언젠가 할아버지가 말했던 '소년 탐정단' 같았다.

이치조가 사는 단지는 8층짜리 건물로 모양이 남북으로

길쭉했다. 서쪽에 바깥 복도가 뻗어 있고 옆으로 10여 가구가 죽 늘어서 있다. 남쪽 끝에는 엘리베이터가 있고 맞은편 북쪽 끝에는 비상계단이 있다. 이치조의 집은 가운데 부근이었다.

이치조의 집은 2층이니 처음에는 밖에서 감시하는 편이 좋을 거라고 생각했다. 하지만 현장에 와 보니 그건 어렵다는 사실을 깨달았다.

복도에는 가림막 역할을 하는 패널이 일정한 간격으로 설치되어 있는데, 하필 이치조네 집 문 근처는 보이지 않게 가려져 있었다. 이래서는 누가 벨을 눌렀는지 확인할 수 없었다. 잘 보이지 않는 곳이라서 범인도 그 집을 표적으로 삼았을지도 모른다.

움직임으로 범인을 추측할 수도 있겠지만, 역시 벨을 누르는 장면을 확실하게 눈에 담고 싶었다. "원죄는 피해야 하니 말이야"라고 류노스케가 어려운 단어를 써 가며 말했다.

그래서 이렇게 북쪽에 있는 비상계단에서 몰래 복도를 감시하기로 했다. 엘리베이터 바로 옆에도 계단이 있는데, 가까운 역이나 근처 가게처럼 편의성을 고려하면 주민들은 대부분 그쪽 계단을 이용할 듯했기 때문이다.

참고로 대부분의 추측이나 생각은 류노스케가 한 것이다.

"아." 류노스케가 작게 외치고서 머리를 뒤로 물렸다. "문이 열렸어."

그러고는 왼손에 감추고 있던 작은 거울을 비스듬히 기울여 모퉁이 바깥으로 슬쩍 내밀었다. 이런 일이 있을까 봐 류노스케가 가져온 것이었다.

아무리 몰래 숨어 있어도 눈으로 보려고 하면 얼굴이 절반 가까이 벽 밖으로 드러난다. 범인은 범행을 저지르기 전에 주위를 경계할 테니 그러면 바로 들켜 버린다. 그래서 누군가 복도에 나타났을 때는 거울로 관찰하기로 했다. 이렇게 하면 아마 눈치채지 못할 것이다. 스파이물이나 탐정물에 나오는 도구라고 류노스케가 알려 주었을 때는 몹시 흥분됐다.

"근데……." 나는 의문을 제기했다. "문을 열고 나왔다는 건 여기 주민이라는 뜻이잖아. 범인은 아닌 것 같은데."

"그렇지 않아."

거울을 가만히 들여다보면서 류노스케가 대답했다. 내가 있는 위치에서는 울퉁불퉁한 회색 벽만 비쳐서 류노스케가 어떤 광경을 보고 있는지 알 수 없었다.

"그래? 초인종을 누르고 도망가는 건 외부인의 장난 아닌가?"

"나도 그렇게 생각해. 하지만 이번 경우는 현장이 2층이라는 점이 마음에 걸린단 말이지."

류노스케는 그렇게 말하고 거울을 도로 물리고서 "할머니였어. 그냥 엘리베이터 쪽으로 가셨어"라고 하더니 다시 눈으로 감시하며 말을 이었다.

"목적 없는 장난이라면 대개는 1층을 노릴 거야. 굳이 2층까지 올라와서 장난치는 게 좀 이상하기는 해."

"아아. 그래. 그런 거구나."

다만 이 건물의 1층에는 집이 없다고 하니 가장 아래층이긴 하다. 그래도 굳이 2층으로 올라와서 벨을 누르고 도망치다니. 확실히 좀 부자연스럽게 느껴졌다. 단독 주택이 더 노리기 쉬울 것 같은 데다 표적으로 삼기 좋아 보이는 집은 주변에 얼마든지 있었다.

게다가, 라고 류노스케가 덧붙였다.

"이치조네 집은 한가운데쯤이잖아. 어느 쪽으로 도망치든 가장 거리가 멀어. 아주 부자연스럽지 않아?"

"확실히 그러네."

절로 납득이 갔다. 역시 류노스케는 대단하다.

"따라서 범인은 목적을 가지고 이치조네 집을 노리고 있을지도 모른다는 생각이 들어."

"이치조. 아니, 이치조네 엄마가 원한을 샀다는 말이야?"

"그럴지도 모른다는 말이야. 이런 단지에서는 소음이라든지 여러 문제로 주민들끼리 옥신각신할 때도 있는 모양이니까. 실제로 어떤지는 잘 모르겠지만."

류노스케네 집은 단독 주택, 그것도 어마어마하게 호화롭고 멋있는 저택이기 때문에 가능한 추측이었다. 나도 지금은 할아버지가 지은 단독 주택에 살고 있지만, 그 전까지는 계속 아파트에서 살았다.

이치조네 엄마는 저녁형 생활을 하는 듯하니 이를테면 쉬는 날에 밤늦게 소음을 일으켰을지도 모른다.

"좋은 추리인 것 같아. 나는 이런 단지는 아니지만, 도쿄에서는 계속 아파트에서 살았거든. 내가 아직 어렸을 때 우리 집도 나 때문에 항의받은 적이 있나 보더라. 울음소리가 새어 나가니까 여름에도 창문을 못 열어서 고생이었다고 엄마가 그랬어."

"응. 물론 그냥 추측이야. 목적 없이 단순히 즐기려고 범죄를 저지르는 사람일 가능성도 얼마든지 있겠지. 다만 몇 번이나 그랬다니 역시 표적으로 삼은 것 같아 보이기는 해."

역시 류노스케라고 감탄했다. 반에서 벌어진 리코더 분실 사건의 수수께끼를 푼 건 허세가 아니었다.

그 뒤로는 5분에서 10분씩 번갈아 가며 계속 감시했다.

귀가하는 주민과 외출하는 주민이 몇 명 있었지만—모두 할아버지나 할머니였다—, 범인은 나타나지 않은 채 40분쯤 지났을 무렵 예상치 못한 일이 벌어졌다. 누군가 비상계단을 내려온 것이다.

그때 나는 망을 보고 있었는데, 발소리를 알아챈 류노스케가 작은 목소리로 재빠르게 속삭였다.

"아무렇지 않게 행동해. 거울은 보이지 않게 하고."

당황한 채 감시를 중지하고 거울을 든 왼손을 등 뒤로 감추었다.

계단을 내려온 사람은 우리 나이 또래의 남자아이였다.

이런 곳에 사람이 있을 거라고는 생각하지 못했는지 2층과 3층 중간에 있는 층계참에서 이쪽으로 몸을 돌린 순간 흠칫 놀라 멈춰 섰다. 나는 벽에 몸을 기대고 류노스케는 계단에 앉은 채 그 아이를 올려다보았다. 세 남자아이가 만들어 낸 기묘한 침묵을 류노스케가 깨트렸다.

"아, 죄송합니다. 지나가세요."

그렇게 말하며 자리에서 일어나 벽에 달라붙듯이 몸을 기댔다. 머리가 살짝 긴 편에 고집 세 보이는 눈빛을 가진 그 아이는 의아하게 여기면서도 고개만 살짝 까딱여 인사하고서 1층으로 내려갔다.

더 이상 발소리가 들리지 않고 충분히 멀어졌다 싶을 때쯤 크게 숨을 내뱉었다.

"깜짝이야. 설마 사람이 내려올 줄이야."

"그야 3층이나 4층 정도면 계단을 쓰는 사람도 있겠지. 그보다 방금 그 아이, 같은 학교 아닐까?"

"어? 그래?"

그렇게 답하고 나서 이치조와 같은 단지이니 같은 학교인 것도 당연하다는 생각이 들었다.

"응. 같은 반이 된 적은 없지만, 얼굴이 낯익어. 어제도 봤거든. 그, 이치조를 잡으려고 2반 앞에서 기다렸을 때 말이야. 친구랑 둘이서 교실에서 나왔어."

"그랬던가?"

기억을 뒤져 보았지만 전혀 떠오르지 않았다. 하지만 나는 전학을 온 지 얼마 되지 않아서 같은 반 친구들 외에는 전혀 모르니 어쩔 수 없었다.

"응. 틀림없어."

류노스케는 고개를 굳게 끄덕인 다음 턱에 손을 대고 으음, 하고 소리를 냈다.

"이치조와 같은 반인 남자아이가 같은 단지의 위층에 살고 있어. 게다가 그 애는 평소에도 계단으로 다니고. 이건 과연 우연일까……?"

"어? 방금 그 녀석이 범인이야?"

"생각해 보면 네 시부터 여섯 시 사이라는 범행 시각도 우리 같은 초등학생인 것처럼 느껴지지 않아?"

"그렇구나."

학교에서 돌아온 이후부터 저녁 식사 전까지, 다른 시간에 비해 자유롭게 움직이기 좋은 시간이다. 설령 원한을 가진 주민의 짓이라 해도 범인이 어른이라면 시간대가 좀 더 제각각일 듯했다.

"설마 정말 범인일까 싶기는 하지만, 혹시 모르니 찔러볼 가치는 있겠지."

허공을 노려보듯 쳐다보면서 류노스케는 입술을 꼭 다물었다.

그 아이의 이름은 오노데라 슈. 이치조와 같은 단지의 4층에 산다는 사실이 밝혀졌다.

이치조와 같은 2반의 남학생으로, 결론부터 말하자면 그 녀석이 초인종을 누르고 도망친 범인이었다. 정확히는 오노데라가 솔직하게 인정한 건 아니지만, 자백보다 더한 자백을 직접 태도로 보여 주었다.

류노스케는 우선 예전에 같은 반이었던 친구를 통해 본인이 이치조를 좋아한다는 사실을 알아냈다. 그래, 이 사건은 '초등학생 남자아이가 좋아하는 여자아이에게 장난을 치려고 했던' 터무니없이 시시한 동기에서 비롯된 일이었다. 물론 본인은 인정하지 않았지만.

오노데라는 외출할 때나 돌아올 때 가끔 2층에 있는 이치조네 집에 들러 벨을 누르고 달아났던 모양이다. 류노스케가 말하기를, 좋아하는 마음을 어떻게 표현해야 할지 몰라서 혹은 상대에게 자신의 존재를 각인시키고 싶어서 좋아하는 아이에게 쓸데없는 장난을 치는 거라고 했다.

상황을 고려했을 때, 지나가다 마구잡이로 벌인 범행으로는 볼 수 없다는 점. 더구나 두 사람이 같은 반이 된 것은 올해가 처음이니 장난이 시작된 지 한 달이 좀 넘었다는 사실과도 들어맞는다. 이치조는 작년 2학기에 전학을 왔으니 오노데라는 같은 반이 되어서 처음으로 이치조를 알게 된 듯했다.

옆 반의 협력자를 통해 점심시간에 오노데라와 이야기를 나누었다. 류노스케는 서론도 없이 갑자기 핵심을 찔렀다.

"이치조네 집 초인종 누르고 도망치는 거, 이제 그만두는 편이 좋을 거야."

그때 오노데라가 동요하던 모습은 그야말로 동요 그 자체다 싶을 만큼 대단해서 측은한 마음이 들 정도였다. 얼굴은 새빨갛고 아니라고 잡아떼는 목소리는 완전히 뒤집어져서 정곡을 찔리면 정말 이렇게 만화같이 반응하는구나, 하고 놀랐다. 류노스케가 이 반응을 끌어내기 위해 느닷없이 핵심을 찌른 거라는 사실도 깨달았다.

류노스케는 부인하는 오노데라의 말에는 아랑곳하지 않고

이치조의 어머니가 야간 근무를 하시는데 장난 때문에 무척 힘들어하신다고 담담하게 설명했다.

이야기를 들은 오노데라는 좀 전과는 다른 의미로 동요했다. 이치조의 집안 사정에 대해서는 아무것도 몰랐을 테고 악의가 없었다는 점도 명백했다.

이제 더 이상 장난을 치지 않으리라는 확신이 들어서 더 추궁하지는 않았다.

무사의 자비라는 거지, 하고 류노스케는 아주 멋들어진 말을 했다.

안으로 들여보내 주지는 않아서 우리는 현관 신발장 앞 좁은 공간에 서서 이치조네 엄마에게 일의 전말을 설명했다. 물론 설명은 모두 류노스케가 했다.

사실을 밝혀낸 뒤 우선 이치조에게 모든 사실을 털어놓았다. 이치조는 어처구니가 없어서 말문이 막힌다는 표정으로 이야기를 듣더니 그래도 고맙다고 인사한 뒤, 우리가 엄마에게 직접 설명할 수 있게 도와주었다. 평일 저녁, 그러니까 이치조의 엄마가 막 잠에서 깬 시간인 듯했다.

설명하면서 '오노데라'라는 이름은 언급하지 않았다. 사전에 류노스케가 굳이 말할 필요는 없지 않느냐고 제안했기 때문이다.

이치조네 엄마는 무척 예쁜 사람이었지만, 처음 나왔을 때부터 표정이 언짢아 보여서 꽤나 무서웠다. 일어난 지 얼마 되지 않아서인지 어떤지는 알 수 없었다.

그래도 류노스케의 설명에 끼어들지 않고 이따금 고개를 살짝 끄덕이면서 끝까지 말없이 들어주었다. 뒤에는 이치조도 서 있었는데, 줄곧 지루해 보이는 표정이었다.

"……여기까지가 이 장난의 진상입니다. 물증은 잡지 못했고 그 사람도 자백을 한 건 아니지만 틀림없어 보이니 이제 장난으로 벨을 누르는 일은 없을 거예요. 적어도 이번 범인은요."

이제 설명은 끝이라는 듯이 류노스케는 고개를 끄덕였고 나도 따라 끄덕였다.

이치조의 엄마는 "그래" 하고 작게 말했다. 언짢아 보이는 표정은 그대로였지만, 목소리는 예상과 달리 부드러웠다.

"고마워, 둘 다. 덕분에 걱정을 덜었어. 그래서, 두 사람은 어떻게 해 주길 원하니?"

어떻게 해 주길 원해? 무슨 뜻인지 몰라서 나는 류노스케에게 눈길을 돌렸다. 나와 얼굴을 마주한 류노스케는 나와 달리 뭔가를 전하고 싶어 하는 눈빛이었다.

앗, 하고 떠올랐다. 애초에 여기 온 목적이 생각났다.

어떤 식으로 전해야 할지 조금 고민이 되었지만, 어쨌든 솔직하게 말하는 수밖에 없다고 마음먹었다.

"저기, 저는 구로하 베이커리의, 그 집의 아들입니다."

"그렇겠지. 자기소개했을 때 알아차렸어."

구로하라는 성은 드무니 생각해 보면 알아차리는 게 당연했다.

"아빠한테 이치조에 대한 이야기를 들었어요. 그래서 이대로도 괜찮을지 걱정이 돼서……."

"나한테 다시 생각해 보라고 말해달라고 아빠가 부탁한 거니?"

"아니에요!"

나도 모르게 큰 목소리로 말하자 류노스케도 거들었다.

"제가 제안했어요. 신지는 어떻게 하면 좋을지 계속 고민하다가 저한테 상의했어요. 그래서 우선은 이치조에게 이야기를 들어 보자고……."

이치조의 엄마는 또다시 우리가 하는 말을 자르고 "마유리" 하며 고개만 비틀어 뒤를 돌아보았다.

"네가 이 애들한테 부탁했니? 나한테 다시 생각해 보라고 말해 달라고."

이치조가 잔뜩 움츠러든 모습으로 입을 열려고 하는 순간,

이번에는 류노스케가 "아니에요!"라고 소리쳤다. 그러고는 숨을 헐떡이듯 빠른 속도로 말했다.

"이치조는 딱히 원하지 않았어요. 하지만 저희가 마음대로 이야기를 진행시켰고, 이치조의 어머니에게 직접 말씀을 드리려면 뭔가 계기가 필요하겠다고 신지하고 의논했어요. 그래서 이치조에게 이것저것 넌지시 물었고요. 그러다 초인종 장난 때문에 힘들어하신다고 들어서. 그래서, 그래서 저희가 멋대로 시작한 거예요."

거짓말까지는 아니었지만, 마치 이치조가 우리의 의도를 전혀 몰랐다는 듯이 말하고 있다는 점은 알아차렸다. 뭐가 정답인지는 알지 못했지만, 어쨌든 이 흐름을 타는 수밖에 없었다.

"네, 맞아요. 아빠랑도, 이치조랑도 상관없이 저랑 류노스케가 시작한 일이에요. 아니, 제가 그러길 원했어요. 숙제를 봐주지 않는 건 역시 안됐다는 생각이 들어서. 아빠는 이치조를 생각해서 행동했는데, 왜 모진 말을 듣고 와야 했는지 납득도 되지 않았고."

불만을 내비치며 그렇게 말한 순간, 선뜩한 감각이 등골을 타고 흘렀다. 이러면 마치 이치조네 엄마를 비난하는 말 같았다. 아니, 같은 게 아니라 실제로 비난한 셈이었다. 혼날 것 같아서 몸이 뻣뻣하게 굳어지고 얼굴을 들 수 없었다.

하지만 방금 한 말은 제대로 자각하지는 못하고 있었지만, 틀림없이 나의 진심이었음을 깨달았다.

호통이 아니라 짙은, 깊은 한숨이 위에서 들려왔다. 그리고 뒤이어 나온 말은 조금도 예상하지 못한 내용이었다.

"구로하…… 이름이 뭐랬지? 너, 마유리 좋아하니?"

"네?" 하며 퍼뜩 얼굴을 들었다. 농담인가 싶었지만, 이치조네 엄마의 얼굴은 순수한 의문을 매달고 있는 듯 보였다.

"그런 거, 아니에요……."

"그럼 왜 이런 일을 했니? 장난친 범인을 잡는 건 힘든 일이고 시간도 걸려. 돈을 받을 수 있는 것도 아니고. 뭔가 보상이 있는 것도 아니야. 그럴 시간이 있으면 게임이라도 하는 게 더 즐겁지 않니?"

혼란스러웠다.

무슨 말인지 우리말로는 이해했다. 그래도 역시 이치조네 엄마가 무슨 소리를 하고 싶은 건지 알 수 없었다.

이유가 있나? 내가 한 일에는 이유가 필요했던 걸까? 나는 이치조의 호감을 얻으려고 행동했을까?

"나는 있지." 이치조의 엄마는 이어서 말했다. 얼음으로 피부를 어루만지듯 싸늘한 목소리였다. "무료 봉사니 자원봉사니 하는 것들이 너무 싫어. 누군가를 위해 대가 없이 뭔가를 한다는 사람이 싫어. 너무 싫고 믿음이 안 가. 기분 나쁘고 화가 치민다고."

"아빠는……."

내 뜻과는 상관없이 눈물이 배어 나왔다. 꼴사나워. 이런 일로 울다니 꼴사납다. 하지만 눈물은 멈추지 않았다.

"아빠는 나쁜 일은 하지 않아요. 믿음 안 가는 사람도 아니에요. 저는 그런 아빠를 아주 좋아해요. 오래전부터 초등학교 선생님으로 일하면서 무척, 무척 마음고생을 많이 했을 거예요. 이치조의 숙제를 봐주려고 한 것도 그게 아빠의 정의였기 때문이고요. 부탁드려요. 다시 한 번, 제대로, 아빠의 말을 들어주시면 안 될까요?"

고개를 숙였다. 옆에서 류노스케도 고개를 숙였다.

코로 길게 숨을 내뱉는 듯한 한숨 소리가 들렸다.

"그래. 네 아버지시지. 기분 나쁘다고 말한 건 내가 잘못했어. 미안하다."

고개를 들자 이치조의 엄마는 겸연쩍은 듯 얼굴을 돌리고 눈썹을 살짝 찡그리며 난처한 표정을 지었다. 어깨에 닿지 않는 머리카락 끝을 손가락으로 문질렀다.

"뭐, 그때는 나도 좀 감정적으로 행동한 것 같긴 해. 한 번 더 제대로 이야기를 들어 볼게. 그러면 될까?"

"감사합니다!"

다시 한 번 기세 좋게 고개를 숙였다.

"그만해. 그런 거 안 좋아하니까. 이제 시간 없어. 마유리 먹을 저녁도 만들어야 하고 나갈 준비도 해야 하니까. 그럼 그렇게 하는 걸로 괜찮을까?"

이번에는 류노스케가 "네, 오늘은 감사했습니다"라고 대답했다. 그럼 이만 가 보겠다는 듯이 오른손을 들어 올리고서 이치조네 엄마는 안으로 들어갔다.

류노스케와 함께 복도로 나오자 이치조는 배웅하듯 문 앞까지 나와 주었다. 그리 긴 시간은 아닌 듯했지만, 아주 오랜만에 바깥 공기를 마시는 기분이 들고 해냈다는 만족감과 해방감이 느껴졌다.

또 보자며 이치조에게 말하고 돌아가려던 찰나, 들릴 듯 말 듯한 목소리로 "고마워"라는 말이 들려왔다. 깜짝 놀라 돌아보았을 때는 문이 거의 닫히려던 참이어서 모습은 보이지 않았다. 문은 눈앞에서 작은 소리를 내며 닫혔다.

그러나 머지않아 이치조를 또 만날 수 있으리라는 확신이 들었다.

학교가 아닌 다른 곳에서.

제3화

빵(과 친구) 만드는 법

"그럼 구로하 공부방의 첫 번째 수업을 시작하겠습니다."

나는 두 학생을 앞에 두고 조심스레 선언했다.

신지와 마유리는 어떻게 반응해야 할지 망설이는 표정이었다. 그렇다고 '차렷, 선생님께 인사'는 너무 딱딱하지 않나.

"자, 자, 지금까지 했던 것처럼 편한 느낌으로 하자. 일단 먼저 인사는 해 둘까? 잘 부탁드립니다."

두 아이는 작게 "잘 부탁드립니다"라고 답해 주었다.

장소는 구로하 베이커리, 가게의 정기 휴일인 수요일 오후다. 창문에는 가림막이 되는 롤스크린이 걸려 있지만, 틈새와 스크린 너머로 쏟아진 햇빛이 가게 안을 적당히 채우고 있었다.

매장 한쪽 끝의 취식 공간에는 작은 2인용 테이블 네 개가 정사각형 모양으로 놓여 있다. 공부방은 이곳에서 진행한다.

테이블은 학교 책상보다 좁아서 교과서와 노트를 겨우 펼칠 수 있을 정도였다. 두 아이는 최대한 거리를 벌리려는 듯 대각선으로 앉았다. 옆으로 나란히 또는 앞뒤로 앉을 때보다 거리가 2배 멀다.

물론 교단이나 화이트보드 같은 것도 없어서 나는 매장에 놓인 선반 사이에 섰다. 학교 수업처럼 일방적으로 뭔가를 가르치려는 게 아니라 기본적으로는 각자의 공부를 하기 위한 곳이라서 아이들의 의자와 테이블만 있으면 충분했다. 오래 서 있는 데는 예전 직업에서도 지금 직업에서도 완전히 이골이 났다.

앞에 앉은 마유리에게 살며시 눈길을 돌렸다.

평소와 다름없이 감정이 보이지 않는 새침한 얼굴로 모호한 시선을 앞으로 던지고서—앞에는 텅 빈 선반만 늘어서 있다— 고개를 살짝 기울이고 있다.

그날 마유리 어머니와의 대화가 어그러졌을 때는 설마 이렇게 빨리 무료 공부방을 실현할 수 있으리라고는 생각지 못했다.

얼마 전 신지와 류노스케 덕분에 가진 두 번째 만남을 떠올렸다.

두 번째로 방문했을 때도 나를 맞이하는 마유리 어머니의 표정은 딱딱했다.

그래도 처음부터 불신으로 그득했던 첫 만남보다는 나았던 것 같다. 전과 마찬가지로 식탁에 마주 앉아 집주인의 의무라는 듯이 그녀가 먼저 말문을 열었다.

"뭐부터 어떻게 이야기하면 좋을까요?"

"우선 다시 이런 자리를 마련해 주셔서 감사합니다. 저번에 설명드릴 때는 제가 몇 가지 거짓말을 했습니다. 이치조 어머니가 지적하신 부분 이외에도요. 결코 속이려거나 악의를 가진 거짓말은 아니지만, 의심을 키우는 하나의 원인이 된 것 같습니다. 정말 죄송합니다."

천천히 고개를 숙였다가 다시 말을 이었다.

"다시 한 번, 마유리 양을 만나게 된 경위와 숙제를 봐주게 된 과정을 설명하게 해 주시겠습니까?"

어머니는 아무 대답도 하지 않았지만, 거절하는 분위기 같지도 않았다.

나는 처음부터 순서대로 설명하기 시작했다.

마유리의 도둑질, 경보기를 이용해 달아난 일, 다시 만나 사무실에서 나눈 이야기, 마쓰무라 유리의 학대 사건과 그 사실을 알았을 때 느낀 심정까지 거짓 없이 되도록 자세히 이야기했다.

그 덕에 시간이 훨씬 많이 든 데다 도난 사건 이야기를 들은 마유리 어머니는 역시 놀라서 정말인지 의심하는 기색도 보였다. 하지만 마지막까지 말을 자르지 않고 귀 기울여 주었다.

도둑질에 대해 본인에게 확인하는 건 어쩔 수 없지만, 부디 야단치지는 말았으면 한다고 못을 박아 두었다. 도둑질이 나쁘다는 사실은 아이도 이미 이해했을 테고 제대로 반성도 하고 있다고. 그러니 지난 일을 다시 문제 삼아 꾸짖으면 오히려 반발을 사서 역효과가 날 거라고.

무료 공부방에 대해 마유리에게 물었을 때 어머니에게 비밀로 하고 있었다는 사실이 드러났으며, 도난 사건을 감추고 무난하게 이야기를 진행하려고 말을 꾸몄다는 사실도 털어놓았다.

"……그게 지난번에 방문했을 때의 일입니다. 설명은 여기까지입니다. 질문이 있으시면 뭐든 말씀해 주세요."

마유리 어머니는 난처한 듯 천장을 한참 올려다보다가 이번에는 테이블로 시선을 떨어뜨렸다. 그렇게 불편한 침묵이 1분 넘게 이어졌다. 기나긴 1분이었다.

그녀는 작게 숨을 내뱉고 눈을 맞추지 않은 채 입을 열었다.

"대부분 이해는 했다고 생각해요. 구로하 씨의 마음도. 마유리가 도둑질을 했다는 말을 바로 믿기는 어렵지만. 하지만 사실이겠죠. 도둑질뿐만 아니라 옛 제자 이야기도 포함해서 모두 사실대로 말씀해 주셨다고 믿습니다.

그렇다면 처음에 구로하 씨가 사과하셨듯이 저도 죄송하다는 말씀을 드려야겠죠. 솔직히 저는 계속 색안경을 끼고 구로하 씨를 봤습니다. 구실을 만들어서 마유리에게 접근하려는 변태가 아닐까 의심하기까지 했어요."

"아뇨, 딸을 둔 어머니라면 당연한 반응입니다."

"그렇다 해도 오해한 건 사실이고 실례가 되는 말도 많이 했죠. 정말 죄송합니다."

그녀는 조용히 고개를 숙였다. 그러고는 얼굴을 든 뒤 시선을 옆으로 흘리면서 자조하듯 웃었다.

"저는 입이 험해서 전부터 툭하면 사람을 화나게 만들었거든요. 붙임성도 없고. 마유리도 이상한 데만 저를 닮아서."

뭐라 대답할 말이 없어서 다음 말을 기다렸지만, 그녀는 아래를 비스듬히 내려다보기만 했다.

그렇게 10초쯤 흘렀을까. 침묵을 견디다 못해 무난한 말을 꺼내려던 순간, 시선은 그대로 둔 채 입만 연 그녀에게서 "아버지가"라는 말이 흘러나왔다.

"아, 마유리 아버지가 아니라 저희 아버지요. 회사를 경영하셨는데, 활동가라고 할까요? 사회봉사며 자원봉사며 뭐든 아주 열심이었어요. 어려운 사람을 구제한다면서. 하지만 그 때문에 저희 집은 돈이 하나도 없어서 어머니도 일하느라 늘 바빴고 결국 회사도 잘 안됐어요. 그래도 아버지는 여전히 사회봉사를 계속하려고 했어요. 자신의 도움을 필요로 하는 사람이 있다면서요. 꼴값 떤다는 말이 딱 어울리죠. 가족은 나 몰라라 했으면서 자기가 모두를 희생시키고 있다는 사실을 몰랐던 걸까요? 어머니도 참다못해 폭발해서 결국 이혼했어요. 어머니와 살게 된 이후에도 가난한 건 마찬가지였지만요. 오랜 세월 무리해서 탈이 났는지 어머니는 예순도 되기 전에 휙 죽어 버렸어요.

그래서 무료 봉사니 자원봉사니 하는 말은 듣기만 해도 거부 반응이 일어나요. 아버지한테는 원망뿐이었으니 그런 말을 하는 사람을 보면 수상하다는 생각이 먼저 드는 거죠. 분명 아무 상관 없는 사람일 텐데, 그걸 알면서도 말이에요."

여전히 시선을 돌린 채 입가에 쓸쓸한 미소를 띠었다.

"반동 때문인지 아주 건조하고 현실적인 사람에게 끌리더라고요. 그게 마유리의 아빠였어요. 하지만 그냥 피도 눈물도 없는 냉혈한이라고, 그저 비열하기만 한 인간이라고, 마유리를 낳고 나서야 깨달았어요. 참 되는 일이 없죠."

그녀는 그제야 겨우 내 눈을 바라보았다.

"전직 선생님, 숙제를 봐주지 않으면 역시 문제가 될까요?

마유리의 공부는 많이 뒤처졌나요? 시험에서 좋은 점수를 받지 못하면 안 되는 걸까요? 공부는 정말 그렇게 중요한가요?"

맥락 없이 한꺼번에 질문이 쏟아져 몸이 뒤로 넘어갈 뻔했다. 하지만 트집을 잡으려거나 상대를 곤란하게 만들려는 악의 섞인 말이 아니라 순수한 의문이라는 사실은 뼈저리게 전해졌다.

방금 전 들려준 자신의 처지와 지금의 질문이 그녀 안에서 서로 연결되어 있음을 깨닫고 자세를 바로 했다. 딸이 자신의 전철을 밟지 않길 바라는 부모의 마음일 터이다.

"네. 그 전에 이치조 씨의 이름, 성 말고 이름을 알려 주시겠습니까?"

"제가 말하지 않았던, 가요?"

그녀는 어안이 벙벙한 표정이었다.

"네. 요전에도, 이번에도. 물론 괜찮으시다면요."

"유이예요. 이유의 '유由'에, 사람인변에 '옷 의衣' 자가 붙어서 유이由依요."

"감사합니다."

나는 마유리의 어머니가 아니라 이치조 유이를 마주하며 방금 들은 질문에 차근차근 대답했다.

숙제에 부모를 참여하게 하는 이유와 그 결과. 학교에서 무언가를 배우는 의미 등에 대해서.

결코 형식적인 말이나 허울뿐인 말이 아니라 현실을 토대로 이야기했다. 후자는 예전에 마유리에게 들려준 이야기와 동일한 내용이었는데, 상대가 어른인 만큼 말을 치장하지 않고 직접적으로 표현했다.

시험이 무엇을 위해 존재하는지는 교사에 따라서도 의견이 갈릴 것이다. 순위를 매기기 위해서인지, 아이의 학습 수준이 어디까지 도달했는지 확인하기 위해서인지. 순위를 매긴다고 하면 부정적으로 생각하는 사람도 있겠지만, 경쟁과 의욕을 자극하는 효과가 있는 것은 사실이다. 단, 이 부분은 사람에 따라 다르고 상황에 따라서도 달라진다.

하지만 아무리 그럴듯하게 포장해도 입시에 대비한 연습이라는 본질은 감출 수 없다. 필기시험에서 좋은 점수를 얻지 못하면 좋은 고등학교에 들어갈 수 없고 좋은 대학에 갈 수도 없다. 사람들은 대체로 그렇게 믿으며 현실도 대체로 그렇다. 그래서 시험에서 좋은 점수를 따기 위해 초등학생 때부터 훈련을 반복한다. 부모 또한 그러기를 원한다.

그런 본심을 포함해서 표면적인 말은 피해가며 가능한 한 진지하게 대답했다.

마지막으로 내 생각도 전했다.

"여기서부터는 제 개인적인 생각이지만, 좋은 고등학교, 좋은 대학교에 가는 걸 절대 아이의 목표로 삼지 않았으면 합니다. 그걸 위한 공부, 다시 말해 공부를 위한 공부는 하지 않았으면 좋겠어요. 이루고 싶은 목표가 있고 그걸 위해 대학에 갈 필요가 있다면 괜찮지만요. 이렇게 말하면 겉만 번지르르한 말이라고 받아들이곤 하지만, 안정적인 공무원이 되고 싶다거나 고소득자가 되고 싶다는 목표도 물론 괜찮습니다. 하지만 학력에 목표를 두면 행복해지지 못하는 경우가 많다고 생각하거든요.

하지만 아이에게 꿈을 가지라고 말하는 게 얼마나 갑갑한 일인지도 이해해요. 초등학생, 중학생, 고등학생 때 미래의 목표를 가지기란 쉽지 않으니까요. 저도 어렴풋이 인생의 목표가 보이기 시작한 건 20대가 거의 끝나갈 무렵이었고, 그것도 운이 좋은 편이었을지도 모릅니다. 그래도 좀 전에 이야기한 대로 '배우기 위한 공부'를 할 줄 모르면 세계는 더 이상 넓어지지 않고 정말로 하고 싶은 일을 평생 찾지 못할 수도 있습니다. 설령 찾더라도 실현할 힘이 없을 테고요. 아직 어릴 때 '배우는 힘'을 터득하는 건 반드시 행복해지기 위한, 인생을 풍요롭게 만들기 위한 원천이 될 거라고 믿어요."

말을 맺었을 때는 목이 바싹 말라 있었다.

찻잔을 들자 잔이 비어 있었는데, 그렇게 다시 내려놓은 것이 벌써 두 번째라는 사실을 떠올렸다. 이치조 유이가 진지하게 내 이야기를 들어주어서 중간에 말을 끊고 싶지 않아 꾹 참았기 때문이다.

이번에는 솔직하게 부탁했다.

"실례지만, 한 잔 더 마실 수……."

"아아, 죄송합니다."

그녀는 허둥지둥 다시 차를 따라 주었다.

찻잔을 원래 있던 자리에 내려놓으며 그녀가 "감사합니다"라고 말하는 바람에 "감사합니다"라는 내 인사말과 소리가 겹쳤다.

"정말 재미있었어요."

그렇게 말하며 그녀가 지은 옅은 웃음은 처음 보는 부드러운 표정이었다.

"그런 말을 해 주는 사람, 그런 걸 가르쳐 주는 사람은 제 주변에는 없었거든요. 어머니도 그저 공부해라, 공부해라,라는 말뿐이었고요. 왜 해야 하는지 물어도 공부를 못하면 비참한 인생을 산다는 대답만 했어요. 솔직히 그게 이유가 맞나 싶고 짜증만 났죠. 그래서 저는 어머니가 공부하라고 말하면 할수록 공부에서 멀어지고 공부 따위 의미 없는 일이라고 단정 지었어요. 인생을 유리하게 살아가려면 물론 잘하는 편이 좋다는 건 알지만, 나는 공부와 상관없는 곳에서 살아

갈 거라고 말이죠. 돌이켜 보면 치기 어린 반항심이 아니었을
까 싶어요. 그 결과가 이 꼴이네요. 딸 응석 하나 못 받아 주
고, 햇빛도 제대로 못 보는 생활."

자학적인 웃음과 함께 그녀는 양손을 펼쳤다. 여전히 뭐라
대답하기 어려운 이야기였지만, 이번에는 이쪽이 신경 쓸 새
도 없이 그녀가 말을 이었다.

"분명 좋은 선생님이셨겠네요. 아까울 정도예요."

"글쎄요. 선생님도 아이도 궁합은 있으니까요. 어떤 아이한
테는 귀찮은 선생님이었을지도 몰라요."

그렇게 말하며 쓴웃음을 지으려던 순간,

"마유리를 부탁드려도 될까요?"

이치조 유이가 말했다. 갑자기 들려온 말에 잠시 굳었다가
다시 한 번 등을 곧게 폈다.

"알겠습니다. 제가 할 수 있는 일은 모두 하겠습니다. 다만
가능한 범위에서, 매일은 아니어도 좋으니 가끔이라도 숙제
를 봐주시면 마유리 양도 좋아할 거예요."

그녀는 퍼뜩 눈과 입을 동그랗게 벌렸다.

"아, 그렇죠. 맞는 말씀이세요. 전혀 생각을 못 했네요. 애
초에 이 이야기가 이렇게 복잡해진 이유도 마유리가 저한테
설명하길 망설여서였는데. 정말 도움이 안 되는 엄마네요."

"그럴 리가요. 딸을 위해 일하며 훌륭하게 키우고 계신 걸

요. 스스로를 탓하는 말이라 해도 그런 말씀은 하지 마세요."

"그렇네요. 예전부터 그런 말 많이 들었어요. 너는 너무 자학이 심하다고요." 그녀는 후후 웃었다. "그런데 숙제를 봐도 답을 제대로 알 자신이 없어요. 아, 이건 자학 아니에요. 뼈아픈 현실이죠."

그녀가 숙제를 피한 이유 중 하나가 무엇이었는지 이해가 되었다. 대학을 나와 기업에 몸담는 사회의 윗물들은 어떨지 몰라도, 초등학교 4학년쯤의 내용이 되면 온전히 이해하지 못하는 어른도 많을 것이다. 그것 또한 이 나라의 현실이다.

"괜찮아요. 답은 알 수 있게 해 놓았을 거예요."

"그래요?"

"대개는요."

"그렇구나. 제가 학교 다니던 시절에는 부모님이 채점을 해야 하는 건 없었거든요."

"다시 푸는 방법까지 가르쳐 주기가 어려우시면, 할 수 있는 범위까지만 하셔도 충분해요. 부모라고 뭐든 다 해야 하는 건 아니니까요."

"음. 그럼 저도 마유리랑 같이 다시 공부할까요?"

"정말 좋은 생각이네요!" 나도 모르게 기쁨에 찬 목소리가 튀어나왔다. "배움에 늦은 때란 없죠. 무엇보다 마유리 양이 가장 좋아할 테고요."

"엄마가 바보라는 걸 알아도요?"

"부모가 롤 모델이 되는 것만큼 아이에게 행복한 일은 없으니까요."

롤 모델, 하고 중얼거리면서 그녀는 진심으로 기쁜 듯 미소 지었다. 처음 보는 근사한 표정이었다.

그리하여 마유리는 다시 숙제를 보여 주러 빵집을 찾아오게 되었고, 7월 중순인 오늘 공부방의 첫날을 맞이할 수 있었다.

아빠, 하며 공부방의 첫 멤버가 곧바로 질문을 던졌다.

"이 공부방은 이름이 '구로하 공부방'이야?"

그리 깊이 생각하고 붙인 이름은 아니었지만, 명칭을 정하지 않고 단순히 '공부방'이나 '무료 공부방'이라고 부르기도 불편할 듯했다.

"구로하 베이커리에서 하는 거니까 괜찮지 않아?"

"내 이름이 들어가는 건 왠지 싫어."

하긴 너도 구로하 씨였지.

"그럼 '베이커리 공부방'으로 할까? 어느 쪽이든 괜찮아."

"그거보다 '크루아상 공부방'이 좋지 않을까?"

내 이름에서 따온 건가. 나쁘지는 않지만, 그렇게 되면 이번에는 내가 너무 전면에 드러나서 쑥스러웠다.

또 한 명의 당사자에게 의견을 물었다.

"이치조는 뭐가 좋아?"

마유리는 자신에게 말머리가 돌아올 줄은 전혀 생각지 못했는지 작게 놀란 표정을 짓더니 눈을 가늘게 좁히며 다른 쪽을 쳐다보았다.

"별로, 아무거나 상관없을 것 같은데요."

그럴 줄 알았습니다.

"그럼 각자 마음대로 부르자."

구로하 공부방 혹은 베이커리 공부방 그리고 또 다른 이름으로 크루아상 공부방의 첫 시간은 할 일이 정해져 있었다.

수학을 어디까지 확실히 이해했는지 확인하기 위해 마유리에게는 우선 3학년까지 거슬러 올라가서 쉬운 문제를 내주고 풀게 했다. 신지에게는 우선 숙제를 하게 한 다음 준비해 둔 과제를 내주었다.

각각 어디까지 풀었는지 체크하고 때때로 질문에 답도 하며 두 테이블을 왔다 갔다 하는 사이 시간이 흘렀다.

그리하여 한 가지 고쳐야 할 점이 명확하게 드러났다. 다음부터는 옆으로 나란히 앉혀야지.

이동 거리는 큰 문제가 아니지만, 몸을 빙그르르 자꾸 돌려야 해서 힘들었다.

마유리의 학습 지연은 그대로 방치해 두었다면 위험했겠다는 생각이 드는 수준이었다. 3학년 때 배우는 분수와 계산법을 어중간하게 이해하는 바람에 결과적으로 나눗셈 계산에 완전히 애를 먹게 된 듯했다. 그런대로 뿌리가 깊었지만 심각한 문제는 아니니 다시 차근차근 배우면 만회할 수 있을 터였다.

매듭짓기 적당한 타이밍에 시계를 보니 50분이 지난 뒤였다.

끝나는 시간은 특별히 정하지 않고 그날그날 흐름에 따라 진행할 예정이었다. 오늘은 첫날이기도 하니 이 정도가 알맞을 듯했다.

"다들 공부하느라 애썼어. 그럼 오늘은 이만 마무리하자. 혹시 괜찮으면 이거 먹을래?" 몰래 준비해 둔 바구니를 꺼냈다. "블루베리 빵이야."

신지는 오오, 하고 목소리를 높였다.

블루베리를 일부는 그대로 넣고 나머지는 으깨서 겉으로 보기에도 아름다운 보랏빛이 돋보이도록 반죽했다. 그런 다음 크림치즈를 반죽에 감싸서 구웠다.

마유리는 잠시 망설이듯 나를 보았지만, 시험 삼아 만든 빵이니 사양하지 않아도 된다고 덧붙이자 빵을 집어 들었다.

시험 삼아 만들었다는 말은 사실이었는데, 실제로 정기 휴일에는 솜씨를 갈고닦으려고 빵을 구울 때가 많았다. 빵은 반죽이든 발효든 굽기든 모두 온도, 습도, 재료의 질 등 다양한 요인에 따라 섬세하게 달라지므로 감각을 기르려면 역시 경험을 쌓아야 한다.

그간 꾸준히 연습을 거듭했으니 아버지를 얼마나 따라잡았을지 시험하려고 가게 메뉴에 있는 빵을 구울 때가 많지만, 가끔은 새로운 빵을 말 그대로 시험 삼아 만들어 보기도 한다. 블루베리 빵은 그렇게 연습 삼아 만든 새로운 빵으로, 신지가 목소리를 높인 이유도 처음 보는 빵이었기 때문일 것이다.

모처럼 새로운 빵을 구웠으니 공부방 학생들에게 주면 어떨까 하는 생각이 들었다.

공부를 마치고 나면 저녁때까지 시간이 애매하게 남는데, 크기를 작게 만들었으니 한창 자랄 때인 초등학생에게는 간식으로도 좋을 듯했다.

"시험 삼아 가게에 없는 메뉴로 만들었으니까 신지도 먹어 보고 어떤지 알려 줘."

그리고 나도 하나.

한 입 베어 물자 단맛과 신맛이 섞인 블루베리 특유의 맛이 순식간에 입 안에 퍼졌다. 씹을수록 반죽의 풍미와 더불어 단맛이 살아나 블루베리의 맛을 만끽할 수 있었다. 게다가 크림치즈와도 찰떡같이 잘 어울려서 맛에 깊이가 생겼다.

"맛있어요."

마유리는 무난한 의견을 내놓았다. 하지만 표정을 보면 결코 빈말이 아님을 알 수 있어서 무척 기뻤다.

"좋은데!" 신지도 소리쳤다. "블루베리가 이렇게 달고 맛있었구나."

아이들에게 반응이 좋은 듯해 다행이었다.

다만…… 빵을 세 번째로 베어 물며 생각했다. 오히려 크림치즈는 빼고 반죽에 호밀가루를 넣어서 씹는 맛과 촉촉함을 더하면 좀 더 세련되고 어른스러운 빵이 될 것 같았다. 그것도 나쁘지 않겠다.

"아 참, 이치조에게 물어볼 게 있는데. 아, 먹으면서 들어도 돼. 이제 곧 여름방학이잖아. 그동안 공부방은 어떻게 할래? 내 생각에는 어느 쪽이든 괜찮을 것 같은데. 오봉*은 그렇다 쳐도 빵집은 여름방학이라도 상관없으니까, 이치조가 원하면 하고, 여름방학에는 좀 쉬고 싶다면 그것도 괜찮아."

입을 오물오물 움직이면서 마유리는 천장을 올려다보는 듯한 자세로 곰곰이 생각했다.

---

* 양력 8월 15일 조상을 공양하는 일본의 명절.

"저기." 먼저 신지가 말했다. "내 의견은 안 물어봐?"

나는 빙긋 웃음 지었다.

"물어봐야지, 물론. 그걸 반영하느냐 마느냐는 이치조의 대답에 따라 달라지겠지만."

"치사해. 차별이야. 남녀 차별 반대!"

"예를 들어." 마유리가 입을 열며 얼굴을 이쪽으로 돌렸다. "여름방학 숙제를 여기서 하는 건 어떨까요?"

"아아, 그래. 괜찮지 않을까? 응, 괜찮겠다."

"자유연구*도요? 엄마가 도와주지 않으니까 매번 고생이거든요."

하긴 부모의 도움을 받지 못하면 꽤 힘들 것이다.

"물론이지. 그럼 지금까지는 어떤 식으로 했니?"

"도서관에서 자유연구에 관한 책을 찾아서 쉬워 보이는 걸로 골랐어요. 그다음은 이것저것 베끼거나 상상해서 적당히 적거나."

날림, 표절, 날조라는 생각에 쓴웃음이 났다. 논문이라면 큰 문제다.

하지만 솔직히 말해 어딘가에서 주워 온 듯한 소재나 내용

---

* 일본 초등학생의 방학 숙제로, 원하는 주제를 골라 직접 체험하고 보고서를 쓰는 방식이다.

처럼 한눈에 봐도 성의 없어 보이는 방학 숙제는 늘 있었다. 교사에 따라 다르겠지만, 나는 대충 한 걸 알아도 그리 까다롭게 잔소리를 하지는 않았다. 잘하고 못하고가 분명히 갈리는 과제인 데다 가족의 도움을 얻을 수 있느냐 없느냐 같은 환경의 차이도 크기 때문이다.

그러나 자유연구는 과제를 스스로 생각하고 궁금한 점을 실험이나 고찰을 통해 풀어나간다는 점에서 개인적으로는 좋은 숙제라고 생각한다. 주어진 문제를 기계적으로 푸는 것보다 훨씬 의미 있는 숙제가 아닐까.

호불호가 갈린다는 점은 이해하지만, 도움을 얻음으로써 재미를 깨치는 경우도 있다.

"그래!" 문득 기막히게 좋은 생각이 떠올라서 힘차게 손바닥을 맞부딪쳤다. "모처럼 같이 하게 됐으니 빵을 주제로 삼아 보는 건 어때?"

이곳에는 시설이 있고 재료도 있다. 여러 아이디어가 떠오르니 가르치는 쪽도 재미있을 듯했다.

"빵?" 마유리는 순간 의아한 표정을 지었지만, 금세 희미하긴 하지만 신난 표정이 되었다. "네, 재미있을 것 같아요."

"여기요, 여기요." 신지는 여봐란 듯이 손을 들었다. "나도 끼워 줘."

"좋아. 그럼 크루아상 공부방 다음 시간에는 여름방학 자유연구에 대해 생각해 보기로 할까?"

두 번째 시간부터 너무 주제를 벗어난 느낌이 들기는 하지만, 이 공부방은 그만큼 부담이 적은 편이 좋을 듯했다. 무엇보다 두 사람 모두 즐거워 보이니까.

그건 그렇고 어쩌다 보니 '크루아상 공부방'이라고 말해 버렸는데, 울림이 나쁘지 않은 듯해 살짝 미소 지었다.

8월, 한여름에 빵을 만들기란 여간 고생스러운 일이 아니다.

공방에도 에어컨은 달려 있지만, 다른 계절과 비교도 안 될 만큼 실내 온도가 높다는 점에는 변함이 없어서 작업을 하다 보면 땀이 멈추지 않는다. 특히 오븐 근처는 지옥이다.

무엇보다 실내 온도가 높으니 발효가 빨라서 겨울보다 신속하게 작업을 해야 한다. 그러느라 또 땀을 줄줄 흘린다.

그만큼 고생이 필요하건만 여름에는 오히려 빵 매출이 떨어진다. 여름에 맞는 산뜻한 빵도 판매하지만, 어떻게 해도 시원하게 훌떡 먹을 수는 없다는 점이 어려운 부분이다.

8월의 첫 번째 정기 휴일을 맞은 수요일, 작은 손님이 우리 집을 찾아왔다.

현관문을 열자 체크무늬 치마바지에 흰 티셔츠 차림의 마유리가 꾸벅 인사했다.

"잘 부탁드려요."

"어서 와. 장소는 다르지만 평소처럼 편하게 하면 돼."

오늘의 크루아상 공부방은 특별히 가게 대신 집에서 진행한다. 마유리가 집을 방문하는 건 이번이 처음이고 시작하는 시간도 이른 오후다.

이번 시간에는 자유연구로 직접 빵을 만들기로 했다.

공부방 수업의 일환이니 신지와 함께 하기 위해서이기도 하지만, 마유리의 집에는 오븐레인지 대신 전자레인지밖에 없어서이기도 했다. 전자레인지만 가지고도 빵을 만들려면 만들 수야 있지만, 이번 일의 취지를 고려하면 되도록 일반적인 방식이 좋을 듯했다.

동시에 초등학생의 자유연구로 공방에 있는 전문가용 오븐을 사용하자니 반칙처럼 느껴져서 우리 집 부엌에 있는 오븐레인지를 쓰기로 했다. 대량 생산할 생각이 아니라면 가정용 오븐레인지로도 얼마든지 맛있는 빵을 만들 수 있다. 집에서도 시험 삼아 빵을 구울 수 있도록 일반 오븐보다 용량이 크고 기능도 좋은 제품이기는 하지만.

물론 마유리의 어머니에게 허락은 받아 두었다. 재미있고 맛있는 실험일 것 같다며 자신도 참여하고 싶다는 말까지 해 주었다고 한다.

마유리를 데리고 신지가 기다리는 2층 부엌으로 올라갔다.

이번 빵 만들기에 아버지는 관여하지 않기로 했다. 마유리와 아버지는 아이가 가게에 숙제를 보여 주러 왔을 때 서로 얼굴을 익혔다. 모처럼 집에도 왔으니 아버지에게 아이들과 같이 하지 않겠느냐고 물었지만, 괜히 잔소리를 늘어놓을 듯하니 손자에게 미움받지 않도록 방에 틀어박혀 밀린 소설이나 읽겠다고 했다.

신지와 마유리의 앞에 서서 "자!"하며 손바닥을 맞부딪쳤다.

"그럼 이제 크루아상 공부방을 시작해 볼까? 잘 부탁드립니다."

두 사람의 "잘 부탁드립니다"라는 대답도 이제 점점 호흡이 맞게 되었다.

"오늘은 저번에 정한 자유연구를 직접 실행할 차례야. 그럼 우선 신지부터 내용을 발표해 줄래?"

신지는 알겠다고 대답하며 노트를 펼쳤다.

"어, 제가 생각한 주제는 빵이 어떻게 만들어지는지 그리고 발효 시간이나 버터, 설탕, 소금 같은 재료의 분량을 바꾸면 빵의 맛과 식감이 어떻게 바뀌는지 시험해 보는 거예요."

"그래. 신지가 생각한 주제는 꽤 복잡하고 시간도 걸려서 오늘 안에 끝나지 않을지도 모르지만, 우선 할 수 있는 데까지 해 보자. 그럼 다음, 이치조도 발표해 볼까?"

"네. 저도 빵을 어떻게 만드는지 정리하고 밀가루의 종류에 따라 빵이 어떻게 달라지는지 연구해 보고 싶어요. 구체적으로는 준강력분이랑, 강력분과 박력분을 섞은 밀가루로 각각 프랑스빵을 만들어서 어떤 차이가 생기는지 실험하려고 해요."

그래, 하며 고개를 굳게 끄덕였다.

자유연구의 내용을 정할 때 아이들에게 빵을 만드는 방법과 밀가루에 관해 자세히 알려 주었다. 마유리의 주제는 특히 그때 가르쳐 준 것을 토대로 한 내용이었다.

빵이라고 했을 때 일반적으로 떠올리는 부드러운 빵은 보통 강력분을 이용해 만든다. 한편 프랑스빵처럼 단단한 빵은 준강력분을 사용한다.

두 밀가루는 몇 가지 차이점이 있는데, 단백질 포함 비율이 다르다는 점이 가장 큰 특징이다. 강력분이 더 높고 준강력분은 비교적 낮다. 단백질 함량이 적다는 것은 글루텐의 힘, 즉 탄력이 약하다는 뜻이다. 따라서 프랑스빵처럼 바삭한 식감과 씹는 맛을 낼 수 있다. 단단한 빵 특유의 맛 또한 빵의 매력 중 하나일 것이다.

하지만 준강력분은 일반 가정에서는 거의 쓰이지 않고 슈퍼마켓에서도 거의 판매하지 않는다. 요즘은 인터넷에서 전보다 쉽게 구할 수 있게 되었지만, 일반적이지 않다는 점은 변함이 없다.

그래서 일반 가정용으로 나온 프랑스빵 레시피에서는 강력분에다 단백질 비율이 낮은 박력분을 섞어—비율은 8 대 2에서 7 대 3 정도로— 가짜 준강력분을 만든 다음 빵을 굽는다.

가게에서 쓰는 준강력분과 가짜 준강력분으로 똑같이 프랑스빵을 만들어 어떤 차이가 생기는지 혹은 생기지 않는지 알아보는 실험이다. 차이가 나는 부분과 그렇지 않은 부분에 관해서도 함께 생각해 볼 예정이었다.

"자, 그럼 먼저 이치조부터 해 볼까? 다른 사람의 빵을 만들 때도 서로 적극적으로 도와주기야."

오븐은 하나밖에 없으니 오늘은 마유리를 우선으로 진행하기로 했다.

"맨 먼저 강력분과 박력분을 섞어서 단백질 비율이 준강력분과 비슷해지도록 만들어 보자. 편의를 위해 준강력분을 A, 섞어서 만든 밀가루를 B라고 부를게."

밀가루 제조 회사의 영업 사원에게도 물어봐서 카탈로그에 공개된 수치보다 세밀한 단백질의 비율—물론 오차는 있지만—을 미리 확인해 두었다. 분량을 엄격하게 재서 강력분과 박력분을 섞어 되도록 준강력분 A의 값과 유사하게 만들었다.

빵뿐만 아니라 어떤 요리든 마찬가지지만, 정교하게 할

부분과 감이나 경험에 의지해 어느 정도 어림잡아 처리할 부분을 적절히 구별하는 것이 중요하다. 기온이나 습도 같은 환경은 늘 변화하고 재료의 품질과 상황도 늘 일정하지 않기 때문이다.

마유리가 주방 저울과 눈싸움하는 사이 신지가 아 참, 하며 마유리에게 제안했다.

"내가 가끔 사진 찍어 줄까? 사진이 있으면 만드는 과정 같은 것도 나중에 더 쉽게 생각나니까."

"아, 응. 그렇겠네. 고마워."

"그 대신 나 할 때는 네가 찍어 줘. 나중에 사진 교환하자."

"그래. 좋아."

마유리가 미소 지었다.

좋은 생각이라고 감탄했다. 물론 자유연구 보고서에 붙일 수 있도록 단계마다 반죽이나 빵을 사진으로 찍을 예정이었다. 하지만 더 세세하게 찍어 두면 나중에 좀 더 도움이 될 터였다. 둘이서 함께할 때의 장점이 된다는 점도 좋았다.

하지만 무엇보다 신지와 마유리가 자연스럽게 대화를 나눈다는 점이 기뻤다.

공부방에서는 여전히 스스럼없이 서로 잡담을 나누지는 않았지만, 두 아이의 사이도 어느 정도 가까워진 듯했다. 두 사람이 어떻게 되기를 바란다기보다는 다른 사람을 밀어내는 마유리의 날카로운 면이 조금이나마 누그러진다면 정말 기쁠 것이다.

홀로 세상을 살아가는 것도 하나의 선택지이지만, 다른 사람과 소통하고 타인의 힘을 적절히 빌리며 사는 인생이 더 편하고 대개는 한결 즐겁다.

"아, 그런데……." 마유리가 뭔가 떠오른 듯이 말했다. "사진을 붙이면 둘이 같은 곳에서 빵을 만들었다는 걸 들키려나?"

"아, 그러네……."

신지의 표정도 어두워졌다.

그렇구나, 아이들 입장에서는 신경이 쓰일 문제인가 보다. 남자와 여자이니 놀림의 표적이 될 수도 있다. 하지만.

"다른 반이니 서로 연결 지을 가능성은 낮지 않을까? 두 반의 자유연구를 모두 체크하는 학생은 없잖아."

"그건 모르지." 신지가 심각한 얼굴로 반박했다. "빵이 주제인 경우는 그리 흔치 않기도 하고. 뭐가 계기가 될지는 모르잖아."

아주 심각하구만, 하고 쓰게 웃으면서도 초등학생 남자아이의 불안은 충분히 이해하니 무시해서는 안 되었다.

머리를 맞댄 끝에 보고서 사진에 담길 도마나 볼 등은 각자 다른 것을 쓰기로 했다. 직업상 우리 집에 있는 조리 도구는 종류가 다양하고 개수도 쓸데없이 많다.

오븐레인지는 하나뿐이니 오븐팬—반죽을 올리는 금속 사각 접시로 빵판이나 쿠키팬이라고도 불린다—만 나오게 찍기로 했다. 가정용 오븐레인지의 팬은 검은색이 많고 모양새도 크게 다르지 않다. 똑같아 보여도 이상하지는 않을 터였다.

주제가 겹치는 건 어쩔 수 없다. 아무리 그래도 주제만 가지고 놀림을 당할 일은 없으리라 판단했다.

그리하여 아이들의 평화는 깨지지 않았다.

무사히 방침을 정한 뒤 나도 힘을 보태서 A와 B로 만든 반죽을 거의 동시에 치대기 시작했다. 반죽의 촉감이나 치댈 때 느껴지는 감촉, 모양 등의 차이도 기억해 두라고 조언했다.

빵을 반죽할 때는 요령이 필요한 데다 그런대로 힘도 든다. 마유리도 처음에는 어려워했지만, 여기저기 고쳐 주자 점점 그럴듯해졌다.

반죽을 상하좌우로 얇게 죽 늘일 수 있게 되면 다음은 발효다. 시간은 걸리지만 작업 자체는 편하고 어렵지 않다.

과정이 척척 진행되어 마유리의 반죽이 2차 발효에 들어갔을 때 드디어 신지의 반죽도 함께 만들기 시작했다. 계속 내버려 두면 과하게 발효되니 오븐을 쓰는 타이밍이 겹치지 않도록 시간을 고려해서 진행해야 했다.

그렇게 해서 마유리의 빵을 굽고 신지의 반죽을 발효하는 동안 빈 시간이 생겼다.

마침 쉬기 좋은 타이밍이다 싶어서 느긋한 말투로 마유리에게 물었다.

"이치조는 장래 희망이나 목표가 있니? 명확한 직업 말고 막연한 생각 같은 것도 괜찮은데."

만약 있다면 앞으로 크루아상 공부방을 운영하는 데 참고가 될 듯해서 던진 질문이었다. 맨날 학교에서 배운 내용만 복습하면 마유리도 재미가 없을 테고 말이다.

마유리는 잠시 곰곰이 생각하듯 비스듬히 아래를 내려다보더니 단념한 듯한 눈빛으로 나를 쳐다보았다.

"딱히 없어요."

"없어도 괜찮아. 억지로 만들 필요도 없고, 없다고 해서 나쁜 것도 아니거든."

"저기, 궁금한 게 있는데 여쭤보아도 될까요?"

어색한 높임말에 조금 긴장이 되었다.

"물론이지. 뭐든……이라고는 못 하겠지만, 내가 대답해 줄 수 있는 거라면 알려 줄게."

"구로하 아저씨는 전에 학교 선생님이었잖아요. 선생님도 회사원 같은 거죠? 그리고 지금은 빵집에서 장사를 하고요.

역시 두 가지는 전혀 다른가요? 어느 쪽이 더 좋다든지, 그런 게 있을까요?"

윽…… 상상한 것보다 훨씬 규모가 큰 질문이었다.

이 세상의 직업을 크게 둘로 나누면 조직에 속하는 직장인과 그 밖의 넓은 의미에서 자영업자, 이 두 가지일 것이다. 둘 중 어느 쪽을 목표로 하느냐에 따라 인생은 크게 달라진다.

나는 부엌 의자에 걸터앉았다.

"나는 물론 직장에 다니는 사람의 노고도, 장사하는 사람의 노고도 모두 아는 사람이기는 할 거야. 하지만 각각 뭐가 다른지 설명해도 아직은 이해하지 못할지도 몰라. 아르바이트라도 직접 해 보면 좀 달라지겠지만. 그래도 어느 쪽이 좋은지 결론을 내리자면…… 사람에 따라 달라."

사람을 놀리는 듯한 결론에 마유리도 신지도 '에엥, 그게 뭐야……'라는 듯한 표정을 지었다.

"그런 표정 하지 마, 진짜니까. 둘 다 힘든데, 뭐가 어떻게 힘든지가 너무 달라서 비교할 수도 없고 어느 쪽이든 결국 자신에게 맞느냐 맞지 않느냐가 중요하거든. 음, 모처럼 질문해 줬으니 좀 더 솔직하게 말해 볼까?

사실 정신적으로 훨씬 편한 건 역시 자영업일지도 몰라. 상인, 전문직 프리랜서, 개인 사업주. 물론 일은 힘들어. 고생이 이만저만이 아니지. 하지만 책임과 권한이 자신한테 있는 만큼 정신적으로는 편해. 직장인 월급의 3분의 2 정도 되는 소득으로 소박하지만 문제없이 살 수 있다면 나는 이쪽을 고를지도 몰라. 만약 직장인과 같은 수준으로 돈을 벌 수 있다면 대부분은 자영업자가 행복하다고 느낄 거야.

하지만 그렇게 되기란 직장인과 비교도 되지 않을 만큼 어렵지. 프리랜서는 일이 들어오지 않으면 길거리에 나앉게 되고 실제로 그런 경우는 얼마든지 있어. 사업이나 장사에 실패해서 엄청난 빚을 끌어안을 가능성도 있고. 그래서 많은 사람이 무난한 직장인이 되려고 하는 게 아닐까 싶어."

역시 나는 장사꾼 체질인가 하는 생각을 교직 1년 차에 했다. 효율성을 제대로 고려하지 않는 공무원 특유의 사고방식이 너무나 어색하게 느껴졌기 때문이다. 장사하는 사람의 집에서 자라면 자연히 그런 생각이 몸에 밴다.

진지하게 그리고 알기 쉽게 설명하려 했지만, 마유리와 신지는 알 듯 말 듯 긴가민가한 표정이었다.

"이치조는 나중에 회사원이 되고 싶지 않은 거니?"

"……그렇다기보다는 예전 학교에서 만난 친구가 나중에 파티셰가 되어서 자기 가게를 열고 싶다고 했거든요. 그것도 무척 현실적으로 계획을 세워놔서 대단하다고 생각했어요. 하지만 그런 건 역시 너무 어려울 것 같아서요."

그런 이야기는 나보다 아버지가 더 잘 알 텐데 이 자리에 없어서 조금 아쉬웠다. 하지만 초등학교 4학년 나이에 그렇게나 명확한 꿈을 가진 친구도 대단하고 그런 모습을 냉철하게 바라보는 마유리도 굉장했다.

그렇지만…… 최근 들어 불현듯 나타난 의문이 떠올랐다.

그 이야기를 하기 전에 일부러 신지에게도 질문했다.

"신지는 장래 희망이나 목표 있어?"

신지는 팔짱을 끼며 곰곰이 생각했다.

"유튜버 같은 건 재미있어 보여서 좋겠다고 생각했는데, 실제로는 엄청 힘들 테고 오래 계속할 수 있을 것 같지도 않고, 나한테 그런 재능은 없는 것 같아서……."

아주 냉정하다.

"스포츠나 예술에 재능이 있어 보이지는 않으니까 아마 회사원이겠지만, 그것도 어쩐지 별로 재미있어 보이지 않는다고 해야 하나. 요즘에는 아빠를 보니 가게를 하는 것도 좋겠다고 생각 중이야. 빵집을 잇는다는 말은 아니지만."

아버지로서는 기쁜 한편, 더 큰 꿈을 꾸라고 말하고 싶어지는 이야기였다. 아무튼 아들의 대답이 일반적이라고 생각하지는 않았지만, 그럼에도 역시 어떤 굴레를 쓰고 있는 듯했다.

두 아이에게 내 나름대로 생각한 내용을 전하기로 했다.

"요즘 이런 생각이 자주 들어. 미래의 꿈이라든지 목표를 이야기할 때 대개는 장래에 어떤 직업을 가지고 싶은지 말하곤 하지. 꽃집을 하고 싶다든지, 가수가 되고 싶다든지, 스포츠 선수가 되고 싶다든지 말이야. 물어본 어른도 질문을 받은 아이도 대부분 그렇게 생각해. 하지만 그건 너무 비좁지 않나 싶어. 실제로는 거의 모든 사람이 꿈이나 목표가 아니었던 일을 하고 있는데 말이야.

꿈과 목표란 원래 좀 더 자유로워. 언젠가 남극에 가고 싶다, 전국의 온갖 꽃을 사진에 담고 싶다, 유럽의 성에서 살고 싶다, 내가 소유한 산에서 캠핑을 하고 싶다, 철도의 모든 노선을 이용해 보고 싶다, 최애가 하는 공연을 전부 보고 싶다, 꿈에 그리던 가구에 둘러싸여 살아 보고 싶다 등등 뭐든 되지.

꿈을 실현하기 위해 거꾸로 계산해서 일을 고르는 것도 방법일 테고 그게 가능한 사람은 물론 대단하지만, 대부분의 사람은 일이란 돈을 버는 수단이라고 받아들이고 있지. 나는 그걸로도 충분하다고 생각해. 어른도, 아이도, 하고 싶은 일을 해야만 행복하다고 너무 굳게 믿는 게 아닌가 싶어.

하지만 말이야, 좀 전에 말한 것처럼 어른 중에도 꿈이나 목표가 있는 사람은 사실 의외로 적어. 그리고 명확한 꿈이나 목표를 가진 사람은 인생을 무척 즐기며 살지. 먹고살기 위한 수단이라고 깔끔하게 받아들인 채 일을 하더라도 말이야. 그런 사람은 자신이 뭘 중요하게 여기는지 알고 어떤 것에 가슴이 뛰는지 아니까 새로운 꿈이나 목표도 잘 찾고 끊임없이 변화하며 결코 메마르지 않지.

그러니까 우선은 일은 생각하지 말고 더 넓은 의미에서 내가 뭘 좋아하는지, 뭘 할 때 행복하고 가슴이 설레는지, 자기 자신을 잘 들여다봤으면 좋겠어. 누군가 이미 정해 놓은 게 아니라 나만의 꿈과 목표를 찾기란 굉장히 어려운 데다 기술도 필요해. 언제 내 마음이 움직이는지 지금부터 스스로를 바라보는 습관을 들였으면 좋겠어. 그러면 머지않아 하고 싶은 일이 자꾸자꾸 솟아날 테니까."

한꺼번에 모두 말하고서 마유리와 신지의 반응을 살폈다.

둘 다 이야기를 완전히 이해하지 못해 소화 불량 상태임이 역력히 드러나는 얼굴이었다. 어쩔 수 없는 일이었다. 말만으로는 쉽게 이해할 수 없는 부분이니까.

아이들에게 들려준 이야기는 그대로 나 자신에게 하는 이야기이기도 했다.

나 또한 지금껏 명확한 꿈이나 목표 없이 그저 흘러가는 대로 살아왔다. 초등학교 선생님을 꿈꾼 기억은 없었지만, 어느새 그 레일 위에 올라와 있었다. 달리 하고 싶은 일도 없어서 이것이 내가 나아갈 길이 아닐까 막연히 생각했다. 혹은 그렇게 믿으려 했다.

억지로 시킨 사람은 없으니 틀림없이 직접 고른 길임에도 불구하고 스스로가 선택했다고 실감한 적은 단 한 번도 없었다.

내가 특별하다고는 생각하지 않는다. 나 같은 사람은 아마 무수히 많을 것이다.

30대가 되어 결혼을 하고 아이도 생긴 뒤에야 뒤늦게 내가 정말 하고 싶은 일이 무엇인지 생각했다. 하지만 아무리 생각하고 생각해도 답은 나오지 않았다.

어른에게도 어려우니 당연히 어린아이에게는 더 답하기 힘든 문제일 것이다.

그래도 끊임없이 스스로 묻고 답하며 자신의 마음을 들여다보는 연습을 했더니 뭔가가 조금씩 보이기 시작했다. 여러 일이 얽힌 결과이기는 했지만, 교직을 그만두고 가게를 잇겠노라 각오를 다진 것도 그 덕이었다.

멀리 돌아가는 게 나쁘다고 생각하지는 않는다. 그렇게 해서 얻을 수 있는 것도 있으니까. 하지만 어린 시절부터 자기 마음을 들여다보는 버릇을 들여 꿈과 목표를 쉽게 찾을 줄 아는 사람이 되면 인생은 분명 한결 즐거워질 것이다.

지금은 아직 이해하지 못해도 괜찮았다.

"자!" 하고 유달리 큰 목소리로 말하고서 무릎을 치며 자리에서 일어섰다.

"슬슬 다 구워지지 않았을까?"

다시 빵 만들기로 돌아갈 때였다.

오븐을 열자 프랑스빵이 노릇노릇 보기 좋게 완성되어 있었다. 팬을 꺼내 테이블 위에 놓은 다음 손을 펴 귀를 감싸는 몸짓을 했다.

"귀 기울여 봐. 빠지직빠지직하는 소리가 들리거든. 그게 바로 천사의 속삭임이야."

또는 천사의 박수라고도 불린다. 프랑스빵처럼 단단한 빵을 구워 막 오븐에서 꺼냈을 때 단단한 껍질 부분, 즉 크러스트가 갈라지면서 나는 소리다.

그 후 신지의 빵도 무사히 구워져서 드디어 시식 시간이 찾아왔다.

맛보기 전에 표면의 색과 내층, 즉 자른 단면의 모습 그리고 단단함과 냄새 등도 비교해서 기록해 두었다.

시식에는 아버지도 참가했다.

준강력분 A와 B로 만든 프랑스빵을 비교하는 실험에서는 너무 잘했는지 생각보다 차이가 없어서 당황했지만—차이가 확실히 나도록 일부러 어설픈 비율로 만들 걸 그랬다고 반성했다— 아버지의 의견도 참고해서 제법 재미있는 고찰을 얻었다.

마지막으로 질문했다.

"신지, 오늘 수업은 어땠어?"

"재미있었어. 또 만들어 봐도 좋을 것 같아. 아니, 아직 남았구나."

"그러게 말이야." 그렇게 답하며 웃었다. 예상대로 신지는 아직 추가로 할 실험이 남아 있었다. "이치조는 어땠어?"

마유리는 미소 이상으로 활짝 웃으며 고개를 끄덕였다.

"별로 안 좋아하는 이과 수업 같았지만, 그래도 재미있었어요."

그 웃는 얼굴만으로도 오늘의 크루아상 공부방은 성공이라는 확신이 들었다.

나는 많은 사람들 앞에서 말하는 걸 싫어하고 눈에 띄는 것도 싫다.

담임 선생님은 "무척 자랑스러운 일이고 다른 사람 앞에서 이야기하는 데도 익숙해져야지요"라고 말했지만, 사람에게는 맞는 일과 맞지 않는 일이 있다. 그렇게 개인을 보지 않고 어른이 생각하는 '이상적인 어린이'라는 틀에 모두를 끼워 맞추는 행동은 납득이 되지 않는다. 하지만 나한테는 거부할 권리가 없었다.

"그럼 다음, 이치조 마유리 학생. 발표해 주세요."

선생님이 콧소리를 내며 내 이름을 불렀다.

이런 일로 긴장하는 내가 싫었지만, 심장은 내 의사와 관계없이 점점 더 빠르게 뛰기 시작했다. 교실 앞 교단 옆자리에 서서 대충 인사를 했다.

"이치조 마유리입니다. 저의 자유연구를 발표하겠습니다. 저는 빵을 주제로 골랐습니다. 먼저 빵이 어떻게 만들어지는지 설명하겠습니다."

빵을 만드는 방법 같은 건 여태껏 한 번도 생각해 본 적이 없었다. 평범한 요리라면 재료를 썰어서 끓이거나 굽거나 볶으면 어떻게 될지 그럭저럭 상상이 된다.

하지만 빵은 정말 신기했다. 빵을 만들 때는 이스트라 불리는 효모를 섞어서 밀가루를 변화시킨다. 발효에 의해 빵이 부풀어 오르는 모습은 상상했던 것보다 훨씬 굉장했다. 효모가 어떻게 작용하는지는 눈에 보이지 않으니 어쩐지 마술 같은 요리라는 생각이 들었다.

빵을 만들며 그렇게 중얼거렸더니 구로하 아저씨는 무척 재미있어 하면서 그런 느낌도 자유연구에 넣으면 좋겠다고 말했다. 과거에 초등학교 교사였던 만큼 선생님이 좋아할 만한 포인트를 잘 알고 있는 듯했다.

그런 말을 사람들 앞에서 소리 내서 발표하자니 너무 부끄러웠다. 그야말로 고문이었다.

어쩌면 내가 선정된 데는 그런 부분도 어느 정도 영향을 미쳤을지도 모른다. 너무 낮게 평가하면 그건 그거대로 귀찮아서 싫지만, 선생님이 너무 좋게 봤다면 그것도 실패였다.

이번에 아이들 앞에서 발표를 하는 사람은 반에서 다섯 명뿐이었다. 선택받은 자만이 누릴 수 있는 명예……가 아니라 나에게는 벌칙 게임 혹은 짓궂은 장난이었다.

물론 개중에는 희희낙락하며 앞에 서는 사람도 있다. 바로 앞 순서에 발표한 야마모토 같은 애는 분명 그럴 터였다. 눈에 띄기를 좋아하고 외톨이가 되는 건 절대 용납하지 못하며 자신이 중심이 되지 않으면 견디지 못한다. 제대로 대화를 나눠 본 적은 없지만, 옆에서 보기만 해도 빤했다. 뭘 그렇게 벌벌 떠는지 불쌍하게 느껴질 정도였다.

자유연구도 과연 어디까지 스스로 했을지 의심스러웠다. 언뜻 봐도 허술한 그 애가 그렇게 꼼꼼히 조사해서 정리했을 것 같지는 않았다.

하긴 나도 주제 선정부터 빵 만들기까지 구로하 아저씨의 도움을 많이 받았다. 하지만 내용 정리는 전부 스스로 했다. 그러니 떳떳하지 못할 이유는 없었다.

"이어서 빵을 만들 때 쓰는 밀가루에 대해 설명하겠습니다."

강력분, 준강력분, 박력분의 차이 등, 다음에 나올 실험과 관련된 부분이니 꼼꼼히 설명해야 했다. 어느덧 두근거리던 심장 소리도 가라앉고 긴장도 누그러졌다.

사람들 앞에서 말하는 건 역시 싫고 부끄럽다. 하지만 한편으로는 다른 사람에게 인정받아 기쁘기도 했다.

노력을 인정받았다는 보람도 느껴지고, 나를 위해 많이 가르쳐 주고 힘써 주신 구로하 아저씨에게 조금이나마 은혜를 갚았다는 생각이 들어서였다.

가끔 도와주거나 사진을 찍어 준 신지에게도 뭐, 일단 조금, 고마웠다. 하지만 나도 도와줬으니 도긴개긴이다.

그리고 마침내 주요 테마.

"마지막으로 준강력분 A와 B를 사용해 프랑스빵을 만들어서 비교했습니다."

실제로 빵을 만들어 보니 예상보다 훨씬 힘들었다.

특히 반죽하는 작업은 어렵고 힘도 드는 데다 생각보다 시간이 많이 걸려서 진이 다 빠졌다.

빵집은 정말 힘든 일인 것 같다고 말했더니 구로하 아저씨는 가게에서는 기계로 반죽한다면서 웃었다. 성능이 아주 좋고 무척 비싼 업무용 기계라고 했다. 그래도 맛있는 빵은 기계에만 의존해서는 만들 수 없고 자기 손으로 직접 반죽하는 기술이 꼭 필요하니 힘들기는 매한가지라고 했다.

빵집에서 파는 빵은 너무 비싸다고 여겼는데, 맛과 수고를 생각하면 저렴한 것 같다는 생각도 들었다.

그다음 발효나 굽는 과정은 편했고 어려운 부분은 없었다. 다만 기온이나 습도, 반죽의 상태를 살피면서 발효와 굽는 시간을 정확히 예측하던 구로하 아저씨를 보면서 역시 전문가는 대단하다고 생각했다.

완성된 프랑스빵은 놀랄 만큼 맛있었다. 슈퍼마켓에서 파는 프랑스빵과는 차원이 달랐다.

폭신폭신하고 바삭바삭해 씹을 때마다 단단한 부분과 부드러운 부분에서 단맛과 뭔지 알 수 없는 복잡한 맛이 넘쳐흘렀다. 뭔가를 바르지 않아도 빵 본연의 맛만으로도 충분히 맛있어서 감동했다.

다만 준강력분 A와 B를 비교해 보고 든 생각은 솔직히 '둘 다 똑같은데'였다.

두 가지 모두 무척 맛 좋은 프랑스빵이었다.

그래도 구로하 아저씨나 시식 때부터 참가해 준 할아버지, 즉 점장님은 내가 알아채지 못한 세세한 차이를 알려 주었다.

잘랐을 때 보이는 단면—내층이라 부른다고 한다—의 구멍 모양이라든지 맛과 식감의 미묘한 차이였다.

자유연구 보고서에는 그런 차이를 약간 과장해서 담았다.

구로하 아저씨도 그러라고 했기 때문이다. '허용 가능한 범위의 각색'이라고 했다.

그리고 '천사의 속삭임'에 대한 이야기도 조금 적어 두었다. 이것도 선생님이 좋게 봐 준 듯하다.

마지막으로는 왜 차이가 생겼는지 고찰한 내용을 정리했다.

이것도 구로하 아저씨와 할아버지가 거의 정답에 가까운 힌트를 줘서 쓸 수 있었다.

"……이상으로 자유연구 발표를 마치겠습니다."

인사를 하자 드문드문 박수 소리가 들려왔다. 발표도 벌써 네 번째이니 모두 슬슬 싫증이 날 때였다.

그래도 왠지 모르게 진지하게 듣는 사람도 있었다.

그다음 쉬는 시간에 한 여자아이가 곧장 내 자리로 걸어왔다. 눈이 반짝반짝 빛나고 있었다.

"이치조, 대단하다. 집에서 프랑스빵을 만들다니. 그것도 엄청 제대로."

"아, 응. 우리 집이 아니라 아는 사람 집이지만."

"그랬구나. 이치조는 성 말고 이름이 뭐더라?"

"마유리야."

"무슨 한자야?"

아주 거침없이 다가오는 아이라고 생각하며 한자를 가르쳐 주었다.

"좋은 이름이다. 마유리라고 불러도 돼?"

"뭐, 그러든지."

"내 이름 알아?"

"어, 미안. 잊어버렸어."

거짓말이다. 사실 한 번도 이름을 본 기억이 없었다.

"너무한 거 아니야?" 그 애는 깔깔 웃어댔다. "있잖아, 다음에 우리 집에서 빵 만들지 않을래? 이것저것 알려 주라."

이름은 안 알려 줄 생각이냐고 마음속으로 딴지를 걸면서 어떻게 할지 고민하며 고개를 갸웃했다.

그러자 "그게 고민할 문제야?" 하며 다시 깔깔깔 웃었다. 참 잘 웃는 아이였다.

"나는 마나카야, 이시이 마나카. 우리 이름 좀 비슷하지 않아? 이번에는 잊어버리면 안 된다?"

이시이는 해바라기처럼 웃는 얼굴을 보여 주었다. 그런 표정을 지을 줄 아는 그 애가 조금 부러우면서도 그렇게 되고 싶다고는 생각하지 않았다. 그리고 우리 이름은 그다지 비슷하지도 않았다.

구로하 아저씨의 말을 떠올렸다. 전부 제대로 이해한 것 같지는 않지만, 하고 싶은 일을 찾으려면 자신이 무엇을 할 때 즐겁다고 느끼는지 스스로 관찰해 보라는 뜻인 듯했다.

그러려면 역시 다양한 경험이 필요했다. 귀찮아서 피하고 싶은 일도 어느 정도는 해 보아야 했다. 스스로 받아들일 수 있는 범위까지겠지만.

뭐, 한 번쯤은 놀러 가도 괜찮겠다고 생각하면서 내 나름대로 미소를 지어 보였다.

"응. 적극적으로 노력해 볼게."

이시이는 눈앞에서 "마유리는 역시 재미있는 애야!"라고 말하더니 또다시 깔깔 웃었다.

제4화

폐허에 사는 수수께끼 인물

낮에도 날이 한층 쌀쌀해져 가을이 깊어졌다고 느낀 그날도 신지의 방에는 류노스케가 놀러 와 있었다.

학교에서는 다른 친구와도 노는 듯했지만, 두 사람은 완전히 허물없는 단짝이 되었는지 학교가 끝나고 나면 둘이서 같이 행동할 때가 많았다.

부모로서는 아이의 교우 관계가 좀 더 넓어지기를 바랐지만, 단짝이라 부를 수 있는 상대가 생기는 건 무척 좋은 일이고 다른 친구가 없는 것도 아니니 걱정은 하지 않았다.

신지의 방 앞에 서자 집이 흔들리지 않을까 싶을 만큼 커다란 웃음소리가 들려서 소리가 조금 잦아든 다음 문을 두드렸다.

대답을 듣고 방으로 들어갔다. 두 사람은 태블릿을 보고 있는 듯했다. 보나 마나 유튜브겠지.

오락도 예전보다 썩 싸게 먹히게 되었다는 생각과 동시에 마음껏 웃을 수 있는 아이들이 부러워졌다. 어른이 되면 아무 생각 없이 실컷 소리 내어 웃을 일이 없어지기 마련이니까. 어쨌든 내가 봐도 유튜브는 확실히 재미있다.

"류노스케 오랜만이네. 쿠키 구워 왔어. 괜찮으면 먹어 봐."

"감사합니다."

류노스케는 예전만큼 딱딱하게 굴지 않으면서도 예의 바르게 인사했다.

예전에는 교사 시절의 버릇 때문에 '이다'라고 성으로 불렀지만, 친구의 부모로서 너무 서먹서먹한가 싶어서 요즘은 '류노스케'라고 이름을 부른다.

다만 내가 방까지 찾아오는 일은 드물어서 실제로 만나는 건 오랜만이었다. 정기 휴일 이외에는 일을 하고 지금은 휴일에도 크루아상 공부방이 있으니 류노스케가 우리 집에 올 일이 없었기 때문이다.

오늘은 마유리에게 일이 있어 공부방을 쉬게 되었으니 모처럼 쿠키를 구워서 가져다주자고 마음먹었다.

테이블에 쿠키를 내려놓자 어딘가에서 사 온 물건이 아니라는 걸 알아차렸는지 류노스케가 "집에서 구우셨어요?" 하고 물었다.

"응. 빵이랑 쿠키는 비슷하니까."

"정말요?"

류노스케는 뜻밖이라는 듯 눈과 입을 동그랗게 만들었다.

"둘 다 밀가루, 버터, 설탕 등으로 반죽을 만든 다음 오븐에서 굽는 거니까. 박력분으로 단단하게 구우면 쿠키, 강력분으로 부드럽게 구우면 빵이 되지."

"아아. 전혀 몰랐어요."

세세한 차이는 있지만, 친척 같은 거라고 보면 된다.

"아무튼 사양 말고 먹어."

신지는 이야기를 나누는 중에도 이미 먹고 있다. 벌써 두 번째 쿠키로 손을 뻗으며 "아, 맞다, 맞다" 하며 입을 열었다.

"류노스케 말야, 요전에도 정말 굉장했어. 학교에서 벌어진 밀실의 수수께끼를 풀었거든."

현실에서도 그런 미스터리가 일어난다니 놀라웠다. 류노스케는 쑥스러운 듯 손을 저었다.

"그렇게 대단한 건 아니에요. 실제로는 단순한 착각이었고 저는 그걸 눈치챈 것뿐이거든요."

시식이라는 핑계로 이미 잔뜩 집어 먹었던 쿠키를 다시 입에 넣었다. 갓 구운 쿠키의 맛은 조금 옅어졌지만, 바삭바삭함과 포슬포슬함의 균형이 절묘하고 단순하면서도 버터의 풍미가 살아 있어 내가 봐도 정말 맛 좋은 쿠키였다.

"그래도 대단하지. 다른 사람은 모두 알아채지 못한 거잖아."

"뭐, 그렇긴 하지만요. 그래도 이걸 드라마로 만들면 김새는 결말이라고 욕먹을 수준이에요."

미스터리 이야기를 하는데 가장 먼저 드라마를 예로 들었다는 점이 순간 마음에 걸렸지만, 원래 류노스케는 미스터리 영화와 드라마를 좋아한다는 사실을 떠올렸다.

밀실 이야기를 포함해 이것저것 나누고 싶은 이야기가 산더미 같았지만, 부모가 너무 오래 자리를 차지하면 싫어할 테고 오늘은 할 일도 있었다.

"이제 아빠는 일하러 가 봐야겠다."

"어? 오늘 쉬는 날이잖아. 공부방도 안 하고."

신지가 놀란 목소리로 말했다.

"공부야, 공부. 일에 대한 공부. 우리 같은 업종은 항상 최신 정보를 따라잡지 않으면 시대에 뒤처지거든."

"웩……" 신지는 먹던 쿠키에 벌레라도 든 것 같은 표정을 지었다. "어른이 되어서까지 공부라니, 상상도 하기 싫어."

"자기 자신을 위해 자발적으로 하는 공부는 재미있어. 게임도 그렇잖아? 공략하려고 정보를 찾아 배우거나 시행착오를 거쳐서 클리어하면 정말 즐겁잖아. 하는 일은 공부랑 똑

같아."

"으음, 뭐…… 그런가……."

신지는 이해가 되지 않는다는 듯이 얼굴을 찡그렸다.

누구든 취미나 관심 있는 분야에 대해 알아보고 공부할 때
는 시간 가는 줄 모르고 몰두하는 법이다. 실제로 유튜브에
는 다양한 정보를 알려 주는 동영상이 넘쳐 나고 엄청난 인
기를 끌고 있다.

메이크업에 대해 공부하면 '예쁜 자신'이라는 보상을 얻
을 수 있다. 요리에 대해 공부하면 '맛있는 음식'을 만들 수
있어 행복해진다. 투자에 대해 공부하면 '부유한 생활'을 할
수…… 있을지도 모른다. 공부란 본디 그런 것이며 가장 자
연스러운 형태가 아닐까 싶다.

다만 세상에는 그런 공부에도 거부감을 나타내는 사람이
있고 그건 아마 어린 시절 '억지로 시켜서 한 공부'의 반동인
듯하다.

학교에서 무엇을 가르치느냐가 아니라, 어떻게 해야 배우
는 즐거움을 아이들에게 전할 수 있느냐. 그 점을 더 진지하
게 생각하는 시대가 왔다고, 교편을 놓기 전부터 생각했다.

답은 아직 찾지 못했고 그리 쉽게 찾을 수 있다고 생각하
지도 않지만.

"그럼 류노스케, 천천히 놀다 가렴."

방을 나설 때 목을 움츠리듯 고개 숙인 류노스케의 얼굴이 어째서인지 어두워 보여서 조금 신경 쓰였다.

꩜

명탐정을 꿈꾼 적은 있지만, 그런 건 이야기 속에만 존재한 다는 사실도 이미 알고 있다. 현실 속 탐정이란 아주 수수하 고 그리 희망찬 직업이 아니라는 사실도.

게다가 나는 어떻게 해도 탐정이 될 수 없다.

나에게는 탐정으로서 치명적인 결함이 있기 때문이다.

"류노스케, 신지, 무지 중요한 이야기가 있어."

급식이 끝나자마자 무라세 겐타는 그렇게 말하며 나와 신 지를 교실 밖으로 데려갔다.

겐타와는 아주 돈독한 사이는 아니지만, 가끔 같이 어울 려 노는 같은 반 친구다. 몸집은 작지만 자존심도, 고집도 세다.

우리를 데려간 곳은 특별 교실이 늘어선 층, 그것도 잠긴 옥상으로 이어지는 계단이었다. 다시 말해 인기척이 전혀 없 는 곳이었다. 적당한 곳에 걸터앉자 겐타는 과장되게 심각한 표정으로 우리 얼굴을 순서대로 쳐다보았다.

"고토 사부로, 알지?"

어디서 들어 본 기억은 있지만, 딱히 기억에 남는 이름은 아니어서 누구였는지 생각하고 있는데 신지가 목소리를 높였다.

"아아, 도주 중인 범인 아닌가?"

"맞아, 그 고토 사부로 말이야."

기억났다. 최근에는 완전히 잠잠해졌지만, 분명 두 달 전쯤 제법 떠들썩했던 인물이다.

"여자를 죽이고 도망쳤다고 했지. 아직 안 잡혔구나."

"응, 안 잡혔어. 아직 도망 다니는 중이거든. 그런데, 내가 그 범인이 있는 곳을 알아냈어."

또 이상한 소리를 한다며 속으로 경계했다. 겐타는 늘 허세를 부리며 큰소리를 치고 싶어 한다.

더구나 증거가 많이 남아 있어 고토가 진범임은 확실하지만, 지금 시점에서는 어디까지나 범인이 아니라 용의자다. 물론 하나하나 바로잡지는 않았지만.

"이만큼 화제가 되고 얼굴 사진도 공개됐는데, 고토는 왜 잡히지 않을까?"

겐타는 나를 똑바로 쳐다보며 물었다. 나야 모르지, 라고 생각했지만 일단 적당히 대답했다.

"성형으로 얼굴을 바꿨을까? 하지만 몇 년씩 안 잡히는 지명 수배범은 한둘이 아니니 의외로 잘 발각되지 않는 게 아닐까. 애초에 사람 얼굴을 하나하나 살피지도 않고 말이야."

"그게 아니야. 고토는 말이야, 계속 산속에 숨어 있는 거야. 그래서 못 찾은 거지."

젠타는 자신만만하게 말했다. 그 자신감이 어디에서 비롯되었는지 궁금했다.

젠타의 이야기는 이랬다.

근처에 고등학생인 친척 형이 산다. 형은 등산이 취미인데, 산속의 버려진 폐가에서 누군가 생활하고 있는 듯한 흔적을 발견했다. 그때는 아무도 없었지만, 마시다 만 페트병과 빵 포장지, 컵라면 용기 등이 있고 한눈에 봐도 얼마 되지 않은 것이었다고 한다. 게다가 잠깐 그곳에서 식사를 해결한 게 아니라 잠잘 공간도 마련되어 있고 쓰레기도 한데 모여 있는 등 분명히 오랜 기간에 걸쳐 생활한 흔적이 있었다고.

"이야기를 듣자마자 감이 왔어. 바로 고토 사부로의 은신처가 아닐까 하고 말이야."

"잠깐만." 나도 모르게 끼어들었다. "그렇게 생각하는 근거는?"

"근거는 감이지."

맥이 빠졌다. 그냥 망상이잖아.

"그럴 수도 있겠다." 뜻밖에도 신지가 그 이야기에 넘어갔다. "나도 너무 안 잡혀서 이상하다 싶었거든. 산속에 틀어박혀 있었다면 말이 되지."

그렇다고 그 흔적이 세상을 떠들썩하게 한 사건과 관련되어 있다니, 그럴 가능성은 전혀 없었다. 일단 가볍게 반박해 보기로 했다.

"하지만 고토 사부로는 요코하마에 살고 범행 현장도 요코하마 시내였어. 가령 산에 몸을 숨기더라도 범인 입장에서는 더 먼 곳으로 가려고 하지 않을까? 적어도 가나가와*에서는 벗어날 것 같은데."

"아니, 반대야." 젠타의 자신감은 조금도 흔들리지 않았다. "그래서 못 찾은 거야. 그런 말도 있잖아. 뭐더라?"

"아아, 등잔 밑이 어둡다."

"그래, 그거!"

젠타는 손가락을 척 세우며 나를 가리켰다.

뭐가 그거냐. 아무런 근거도 되지 않는데. 멀리 도망친다고 안전하다는 뜻은 아니지만, 수사의 주체는 어디까지나 가나가와현 경찰이다. 가나가와 밖으로 나가야 발각될 가능성이 확실히 낮아질 것이다.

"어쨌든 그렇게 자신 있으면 경찰에 신고하는 게 좋지 않

---

* 도쿄의 남서쪽에 위치한 현으로 현청은 요코하마시에 있다.

을까?"

제대로 들어주지 않겠지만.

"바보같이 무슨 소리야. 그런 근거 없는 이야기를 경찰이 들어줄 리 없잖아."

아까부터 겐타가 하는 말은 하나같이 터무니없어서 왜 내가 바보 취급을 당해야 하는지 알 수 없었다. 하지만 여기서 반박해 봤자 이야기가 복잡해질 뿐이니 그만두었다. 나는 어른스러우니까.

그래서 말이야, 하고 겐타가 말을 이었다.

"우리끼리 증거를 찾는 거야."

여전히 솔깃해하는 표정으로 신지가 물었다.

"구체적으로 어떻게?"

"제일 좋은 건 고토의 사진을 찍는 거겠지. 알아채지 못하게 몰래. 다만 우리가 갔을 때도 역시 아무도 없을지도 몰라. 그럴 때는 남은 물건들 속에서 증거를 찾는 거야. 고토인지 아닌지 정도는 추리할 수 있겠지."

"그게 가능할까……?"

나는 생각을 솔직하게 털어놓았다.

"에이, 맥없는 소리 하지 마. 그러려고 너네한테 말 건 거야. 반에서 제일, 아니 학교에서 제일 대단한 명탐정이잖아, 류노스케는."

184

신지의 누명을 벗겼을 때나 얼마 전 밀실 수수께끼를 풀었을 때 '명탐정'이라는 말을 듣기는 했다. 하지만 그건 농담 반 진담 반에 놀림 섞인 말이어서 지금처럼 진지한 표정으로 대놓고 말한 사람은 처음이었다.

그때 내 안에서 지금껏 느껴보지 못한 고양감이 선명하게 솟아났다. 텔레비전에서만 볼 수 있는 상상 속 존재이자 동경의 대상이었던 명탐정에 아주 조금 다가간 듯한 느낌이었다.

그런 고양감을 눈치챌까 두려워서 나는 고민하는 척 눈을 피했다.

"하지만……." 신지가 불안한 목소리로 말했다. "만약 진짜로 고토가 있고, 그러다 들키면 큰일이잖아."

"당연하지. 상대는 살인범이라고. 그러니까 재미있지 않겠어? 설마 쫀 거 아니지?"

"그럴 리가. 가자. 완전 재미있겠네!"

"류노스케도 괜찮지?"

"응. 다만 하나 부탁이 있어. 흔적을 보고 고토인지 아닌지 추리하려면 고토에 대한 정보는 많으면 많을수록 좋아. 나도 내 나름대로 조사해 보겠지만, 겐타랑 신지도 조사해서 알려 줬으면 좋겠어."

나는 이 '조사'라는 일에 매우 서툴다.

겐타는 굳게 고개를 끄덕였다.

"알겠어. 어쨌든 필요한 정보니까. 다 같이 조사하자."

그렇게 해서 겐타, 신지 그리고 나 류노스케로 이루어진 '고토 사부로 조사대'가 결성되었다.

실행은 이틀 후인 토요일로 정해졌다. 10월도 절반이 지나가 일몰도 빠른 터라 수업이 끝나고 가기에는 무리가 있었다. 당분간 비는 오지 않을 듯하니 날씨는 문제없을 듯했다.

당일에 반드시 가져와야 할 준비물은 식량과 음료수다. 특히 음료수는 넉넉히 챙겨 와야 한다고 겐타가 주장했다. 샘물이나 시냇물은 아무리 깨끗해 보여도 그대로 마시면 위험하다고 했다. 날이 시원해도 산을 돌아다니면 목이 마르니 마실 물이 떨어지면 꽤 힘들 것이다.

그 밖에도 등산이나 고토라는 증거를 잡는 데 필요할 물건을 금요일인 내일까지 각자 생각해 보기로 했다.

풀을 헤치며 걸을 가능성도 있으니 긴소매와 긴바지는 필수. 벌레에 물리거나 상처가 나는 것도 예방할 수 있다. 양손을 모두 쓸 수 있도록 배낭도 꼭 있어야 했다.

부모는 물론 같은 반 친구들에게 들키면 선생님에게 일러서 제지당할 수도 있으니 이 계획은 절대 비밀이었다.

남은 점심시간을 이용해 여기까지 단번에 결정했다.

솔직히 말해 산속에서 발견된 사람의 흔적이 고토 사부로의 것일 거라고는 생각하지 않았다. 그런 우연은 있을 리 없었다.

그래서 어딘가 마음이 편했지만, 산속에서 생활하는 알 수 없는 인물과 맞닥뜨릴 가능성도 있었다. 그런 점이 나의 모험심을 크게 자극했다.

겐타 또한 과연 고토 사부로가 정말 그곳에 있을 거라고 믿는 것인지 의심스러웠다. 이 더할 나위 없이 좋은 소재를 이용해 설레는 모험을 하고 싶다는 마음이 아니었을까. 신지도 비슷한 생각일 것이다.

그다음 날도 우리는 쉬는 시간마다 모여서 자세히 계획을 짰다. 고토 사부로에 대해서도 일반인에게 알려진 정보는 거의 대부분 수집한 듯했다.

그리고 실행 당일인 토요일을 맞이했다.

높다란 하늘에 털쌘구름이 펼쳐진 쾌청한 가을 날씨라 모험하기 딱 좋은 날이었다.

오전 아홉 시, 우리는 이 마을에서 가장 큰 역에서 모였다. 역 앞 터미널에서 출발하는 버스로 30분 정도 떨어진 곳에 우리가 찾는 등산로 입구가 있다.

역 주변은 높은 건물이 없는 평범한 번화가였지만, 버스를 타고 조금 나가자 논과 나무숲과 주택이 뒤섞인 시골스러운 풍경이 되었다. 이윽고 버스가 강가에 난 길을 달리기 시작하니 산이 경치의 대부분을 차지했다.

아빠는 자연과 조화를 이룬 이 마을의 분위기가 마음에 들어서 도쿄에서 이사 와 집을 지었다고 했다. 내가 초등학교에 들어오기 전이어서 도쿄는 거의 기억하지 못하는 데다 느긋한 마을의 분위기는 나도 마음에 들었다.

목적지였던 버스 정류장에서 내려 시골스러운 마을을 10분 정도 걷자 등산로 입구가 나왔다. 가정집 옆에 간판도 표지판도 없이 그저 산속으로 이어지는 자갈길이 빠끔 입을 벌리고 있었다.

대장인지 어떤지는 모르겠지만 흐름상 이번 일의 리더가 된 겐타가 앞장서서 걷다가 멈춰서 뒤를 돌아보았다.

"드디어 시작이야. 이제부터 어떤 위험이 도사리고 있을지 모르니 방심하지 마."

오오, 하고 작게 기합을 넣었다. 아무래도 큰 소리로 주먹을 치켜들 기분은 아니었다.

목적지인 폐가는 여기서부터 한 시간에서 한 시간 반 정도 떨어진 곳에 있다고 했다. 맨 처음 들었을 때는 생각보다 가깝다고 생각했는데, 역시 사람이 살기에는 퍽 깊었다.

겐타를 따라 한 줄로 서서 산으로 들어갔다. 양옆으로 기다란 풀이 우거져 나란히 걸을 만한 너비는 아니었다.

산속으로 들어가니 사위가 순식간에 어둑해지고 산의 기척이 한껏 짙어져 더 이상 인간의 땅이 아닌 듯한 느낌에 휩싸였다. 사람이 드문 지역이기는 해도 바로 근처에 평범한 가정집이 있었기에 마치 눈에 보이지 않는 경계가 존재하는 느낌이었다.

"으앗!"

앞서가던 겐타가 별안간 큰 소리를 내서 나는 바로 뒤따라 걷다가 흠칫 몸을 움츠렸다. 설마 느닷없이 위험에 처한 건가?

맨 뒤에 선 신지가 "무슨 일이야?" 하고 날카롭게 물었다.

"거미줄. 으으. 쩍쩍 달라붙어. 기분 나빠."

김이 빠졌다. 그야 기분이 나쁘기는 하겠지만.

좌우에 난 풀을 이용해 길을 가로지르듯이 거미줄을 쳐놓았던 모양이다.

"여기 일단 등산로이기는 하잖아? 사람이 거의 지나다니지 않는다는 건가?"

나의 궁금증에 신지가 대답했다.

"거미줄은 하루면 충분히 만든다더라."

"어쨌든 하루 내내 아무도 지나가지 않았다는 뜻이네."

겐타는 길가에 퉤퉤 침을 뱉더니 다시 걷기 시작했다.

"형한테 들었는데, 여기는 등산객이 거의 오지 않는대. 전혀 유명하지도 않은 데다 경치가 좋지도 않고 재미도 없어서 그렇대."

전국에 온통 산 천지이니 이렇게 처지가 딱한 산도 적지 않을 것이다.

그 후 겐타는 두 번 더 거미줄에 걸려서 어째서인지 내가 선두에 서게 되었다. 그러나 그 후로는 둘이 나란히 걸을 수 있을 만큼 길이 넓어지고 양옆에는 풀 대신 나무들이 늘어서서 거미줄 세례를 받는 일도 없어졌다.

얼마간은 단단히 밟아 다져진 등산로가 이어져 경사에 비해 걷기가 힘들 정도는 아니게 되었다.

그럼에도 그쯤 되니 실없는 잡담도 없어지고 모두 묵묵히 발만 움직였다. 이따금 산 저편에서 새소리가 들려오고, 그 밖에는 세 사람이 흙을 밟는 소리와 조금 가빠진 숨소리만 계속해서 귀에 닿았다.

신지가 불쑥 "그건 그렇고 진짜 아무도 없네"라고 말해서 나는 "그러게"라고 답했다. 스쳐 지나가는 사람도, 우리를 앞지르는 사람도, 아무도 없었다.

선두는 이미 겐타로 돌아가 있었다. 폐가를 찾아낸 친척에게 위치를 물어서 겐타의 스마트폰에 등산 어플리케이션을 다운로드해 길을 등록했기 때문이다. 우리가 가진 스마트폰은 진즉에 서비스 불가 표시가 떴지만, 전파가 닿지 않아도 등산 어플리케이션의 지도에는 GPS 덕에 현재 위치가 항상 표시된다. 여간해서는 조난당할 일은 없을 듯했다.

다만 목적지는 일반 등산로에서 벗어난 곳에 있어서 중간부터는 앱에 표시되지 않는 길로 가야 했다. 과거 벌목한 나무를 운반할 때나 쓰던 임산도로처럼 지금은 쓰지 않는 길인 듯했다.

아무리 인기가 없는 산이라 해도 등산로 근처에 있는 폐가라면 누군가 들여다볼 수도 있다. 사람들 눈을 피해 은신하기 위해서이니 등산로를 벗어나 있는 것이 당연하다면 당연했다.

지금은 아직 정해진 등산로를 걷고 있음에도 갈수록 길과 숲의 경계가 흐려지고 길도 자주 헤매게 되었다. 겐타가 "이쪽이 아니네" 하며 길을 잘못 들었음을 깨닫고 되돌아가기를 벌써 세 번은 반복했다.

예상보다 30분 이상 더 걸린 끝에 겨우 낡은 임산도로로 이어지는 갈림길에 도착했다.

"여기야, 틀림없어."

겐타는 주위를 둘러보며 말했다.

잠시 식사 겸 가벼운 휴식을 취하며 정신과 체력을 충전한 뒤 마침내 지도에 없는 길로 걸음을 내디뎠다.

처음에는 좀 전까지 걷던 등산로와 다름없이 평범한 산 길처럼 느껴졌지만, 점점 더 험해졌다. 정말 제대로 가고 있 는지 불안해질 정도였다. 양옆에서 풀이 자꾸 찔러대 양팔로 얼굴을 가려야 했고 나무뿌리가 그대로 드러나 걷기 힘든 데다 길을 알아볼 수가 없어서 몇 번이고 멈춰 서서 길을 확 인했다.

모두를 놓치지 않도록 필사적으로 따라갔다. 햇빛이 거의 닿지 않아 시원한데도 엷게 땀이 배어 나왔다. 길이 험해 숨 도 가빠졌다.

한결같이 발만 앞으로 앞으로 옮겼다.

지도에 없는 임산도로에 들어서고 나서 20분가량 이동했 을까. 수풀을 헤치고 나가자 탁 트인 공터가 나왔다. 한쪽에 는 나무들을 등지고 허름한 폐가가 덩그러니 서 있었다.

정오가 지나서야 마침내 목적지에 도달한 것이다.

"아싸!"

겐타가 양손을 치켜들며 환호성을 질러서 허둥지둥 입을 막았다. "안 돼" 하고 빠르게 속삭이자 겐타는 목적을 떠올 렸는지 목을 움츠렸다.

몸을 딱딱하게 굳히고 귀를 기울였지만 아무 소리도 나지 않았다.

"아무도 없는 것 같네."

가능한 한 작은 목소리로 말하자 두 사람은 말없이 고개를 끄덕였다.

발소리를 죽이고 폐가로 다가갔다.

그야말로 폐가라는 말이 어울리는, 다 썩어가는 건물이었다.

단층짜리 목조 건물로 집이라고 하기에는 작고 오두막이라고 하기에는 큰, 어중간한 크기였다. 창문도 없으니 집으로 쓰였다고 보기는 어려웠다. 옆으로 긴 건물의 정면 오른쪽에는 나무로 된 미닫이문이 있었다. 건물은 방치된 듯 분위기가 으스스했지만, 벽이 완전히 무너진 곳은 없어서 안을 엿볼 수 없었다.

미닫이문 앞에 서서 모두가 옆을 보는 듯한 자세로 귀를 기울였다. 안에서는 아무런 소리도 들리지 않았다.

나와 신지의 눈길이 겐타에게 향했다. 겐타는 소리 없이 '나?' 하고 입만 움직이며 집게손가락으로 자신을 가리켰다. 나와 신지가 동시에 고개를 끄덕였다.

이럴 때는 대장이랄까 처음 말을 꺼낸 사람이 앞장서야지.

겐타는 각오를 다진 듯한 모습으로 미닫이문의 우묵한 손잡이에 손을 걸쳤다.

살짝 열려고 한 듯했으나 문은 꼼짝도 하지 않았고, 조금 더 힘을 준 순간 덜커덩덜커덩 엄청난 소리를 내며 문이 열렸다.

셋은 도망가는 자세로 굳어졌지만, 주변은 쥐 죽은 듯 고요했다.

어중간하게 열린 틈으로 얼굴을 집어넣은 겐타가 말했다.

"괜찮아, 아무도 없어."

미닫이문을 더 열고 안으로 발을 들였다. 문 앞부터 안까지는 흙마루처럼 되어 있고 왼쪽에는 바닥을 한 단 높인 방이 있었다. 마루방—예전에는 다다미가 깔려 있었을지도 모르지만— 한 칸에 안쪽에는 벽장 하나. 다만 장지문은 없어서 위아래로 나뉜 선반이 그대로 보였다.

어쩐지 옛날이야기에 나오는 집 같았다.

사방은 건물의 벽이 둘러싸고 있고 입구 반대쪽 벽의 일부가 갈라져서 그 틈으로 비쳐 든 햇살에 먼지가 반짝반짝 빛났다. 왠지 더 밝다는 생각에 천장을 올려다보니 흙마루 위쪽에 구멍이 뻥 뚫려 파란 하늘이 보였다.

"거봐." 겐타가 득의양양하게 말했다. "누가 사는 흔적이 있다니까."

"응, 정말이네."

나는 그렇게 대답하면서 둘과 함께 마루방으로 다가갔다.

마루방은 여기저기가 다 썩어서 구멍이 뚫려 있었다. 하지만 누울 자리는 충분히 남은 데다 이야기로 들은 바와 같은 풍경이 펼쳐져 있었다.

물이 조금 든 페트병, 빈 라면 봉지, 꾀죄죄한 하얀색 수건, 이미 한 번 쓴 듯 껍데기 아랫부분이 변색된 나무젓가락, 컵으로 파는 청주의 빈 용기, 거기다 담배꽁초, 휴대용 버너와 가스통, 우그렁쭈그렁 찌그러진 작은 냄비, 쓰레기를 담은 비닐봉지에다 회색과 갈색의 중간쯤 되는 칙칙한 색의 불룩한 배낭도 있었다.

실내에는 여기저기 쓰레기가 흩어져 있었지만, 색이 바래고 건물처럼 풍화된 그것들과 달리 누군가 방금 전까지 여기 있었던 것 같은 생생한 흔적이었다.

"어때?"

겐타가 물어서 잠시 생각한 다음 대답했다.

"누가 여기서 살고 있는 건 틀림없어 보여. 그것도 꽤 계획적이라고 할지 2, 3일이 아니라 더 오랫동안 머무른 느낌이야. 휴대용 버너도 준비했고 짐 주변에는 먼지가 거의 안 쌓였어. 마루방 저쪽은 먼지투성이인데 말이야. 술이나 담배를 보면 아저씨인 듯하고, 짐의 양이나 내용물을 보면 혼자야. 같이 온 사람은 없는 것 같아."

둘은 이야기를 들으면서 고개를 끄덕였다.

다시 폐가 안을 둘러보았다. 지붕은 일부가 부서졌지만, 비가 와도 여기까지는 젖지 않을 듯했다. 비바람을 피하기에는 부족함이 없는 건물이었다. 비가 좀 새기는 하겠지만, 노숙보다는 몇 배나 더 쾌적할 터였다. 이 근처에는 사람도 오지 않을 테니 더할 나위 없이 적절한 은신처인 셈이다.

말만 들었을 때는 순 허풍으로만 느껴졌는데, 막상 이야기와 똑같은 풍경을 목격하니 범죄자가 몸을 숨기고 있다는 상상이 현실성을 띠기 시작했다.

겐타는 마루방에 한쪽 발을 올렸다. 우리는 아직 흙마루에 있었다.

"저 배낭 안을 조사해 보자. 그러면 고토 사부로인지 아닌지 확실히 알 수 있지 않겠어?"

"잠깐만." 신지가 불안한 목소리로 말했다. "남의 물건을 함부로 뒤지는 건 좀 그렇지 않아?"

"무슨 소리야. 상대는 살인범이라고. 그런 거 상관없어."

"확실히 고토 사부로인지 아직 모르잖아."

나도 맞는 말이라며 거들었다.

"그러니까 짐을 뒤지는 건 좀 아니지 않을까?"

"괜찮겠어? 고토가 아닐 수도 있지만, 고토일지도 몰라. 우리가 겁먹어서 흉악범을 놓칠지도 모른다고."

나는 잠시 고민한 끝에 "알겠어" 하고 동의했다.

이 흔적에는 역시 예사롭지 않은 수상함이 있었다. 게다가 폐가에 멋대로 들어앉아 사는 것 자체가 범죄다. 그러니 뒤져도 괜찮다는 뜻은 아니지만, 가능하면 이 인물의 정체를 확인해야 한다는 정의감은 있었다. 설령 고토 사부로가 아니더라도 무슨 범죄를 저지르고 도망친 인물일지도 몰랐다. 눈앞에 펼쳐진 풍경에는 그럴 가능성이 결코 낮지 않다고 믿게 할 만큼 설득력이 있었다.

"다만 거주자가 언제 갑자기 돌아올지 모르니. 망을 봐야 하지 않을까?"

"그래." 겐타가 손뼉을 짝 쳤다. "그럼 신지는 밖에서 망을 봐 줄래?"

신지는 알았다고 고개를 끄덕였다.

"망보는 김에 건물 주변도 살펴볼게."

"그래. 뭔가 떨어져 있을지도 모르니까."

역할 분담이 빠르게 끝났다. 생생한 현장을 목격하면서 고토 사부로 조사대는 한층 더 진지해지고 결속력도 굳건해졌다.

신지가 밖으로 나가고 나와 겐타는 신발을 신은 채 마루방 위로 올라갔다. 이 주변에도 먼지는 쌓여 있지 않았지만, 폐가이다 보니 꽤 지저분해서 역시 신발을 벗고 싶지는 않았다.

겐타는 우선 자기 배낭을 내려놓고 칙칙한 색의 배낭 옆에 앉더니 내 쪽을 보고 살짝 고개를 끄덕인 다음 손을 뻗었다. 나도 따라서 배낭을 바닥에 내려놓고 지켜보았다.

배낭 안에는 옷가지가 들어 있었다. 밤에 추위를 막는 용도이거나 이불이나 베개 대신 쓰고 있을지도 몰랐다. 모두 저렴해 보이는, 실용성을 중시한 수수한 옷들이어서 지금까지 상상한 '중년 남성'이라는 인상에 힘을 실어줄 뿐이었다.

다시 마룻바닥 위에 남은 흔적을 살피면서 지금까지 얻은 고토 사부로의 정보를 돌이켜 보았다.

고토 사부로는 남자이고 현재 52세다. 두 달 전 일하다 알게 된 여성(32세)의 집에서 그녀를 살해하고 도주했다.

니가타에서 나고 자란 그는 공업 고등학교를 졸업한 후 도쿄로 와 정사원으로 착실하게 일해서 젊은 나이에 결혼도 하고 딸도 낳았다. 그러나 불행과 불운이 겹친 끝에 파탄이 나면서 10년쯤 전부터는 여러 일자리를 전전했다고 한다. 10여 년 전 이혼한 뒤로는 처자식을 한 번도 만나지 않았으며 평소 연락을 주고받거나 친구라 부를 수 있는 상대도 없었던 모양이다.

요코하마로 거처를 옮긴 고토는 고독하게 생활하며 범행을 저지르기 반년쯤 전부터 음식점에서 운전기사로 일했다. 정확히 언급하지 않은 기사도 있었지만, 자세히 보도한 매체도 있었다. 가게에서 일하는 여성을 의뢰받은 집이나 호텔까지 차로 데려다주거나 그날 일을 마친 여성을 집에 바래다주었다고 한다. 살해당한 피해자도 그곳에서 알게 된 여성이었다. 피해자가 불러들였는지 무단으로 침입했는지는 모르지만, 그녀를 집에 데려다줄 때 고토가 방으로 따라 들어가 범행을 저지른 듯했다.

정황 증거뿐만 아니라 현장에 남은 여러 물증을 봐도 고토의 범행임이 확실했고 숨기려 하지도 않았던 모양이다.

고토는 여성을 살해한 뒤 아직 사건이 세상에 드러나지 않았을 때 불심 검문을 받았다. 퍽 수상해 보였지만 이때 경찰은 결국 고토를 놓치고 말았다. 고토의 사건이 크게 보도된 데는 이러한 경찰의 실수도 크게 영향을 미친 것 같다.

마룻바닥에 납작 엎드리다시피 하며 술잔 안에 든 담배꽁초를 유심히 쳐다보았다. 고토는 술을 좋아하고 담배는 세븐스타를 피웠다. 쾨쾨한 담배 냄새가 훅 코를 찔렀다.

글씨가 작아 읽기 힘들었지만, 알파벳이라서 어찌어찌 겨우 읽었다. 분명 'Seven Stars'라고 적혀 있었다.

술을 좋아하는 데다 담배 상표까지 일치했다.

"어, 뭐가 있는데." 끈기 있게 배낭을 뒤지던 겐타가 목소리를 높였다. "뭐야 이게⋯⋯?"

겐타가 꺼낸 물건은 삼각형 모양의 장식품이었다. 크기는 한 손에 쥘 수 있는 정도. 아랫부분이 반구 모양이어서 '오뚝이' 같은 형태였다. 전체는 빨갛고 수염 난 사람처럼 보이는 얼굴이 그려져 있었다. 팔다리가 없는 무해한 마스코트 캐릭터 같은 느낌이었다.

"아⋯⋯." 문득 떠올랐다. "삼각 다루마*야."

예전에 텔레비전에서 본 적이 있다.

"삼각 다루마?"

"응. 뭐라고 설명하면 좋을까. 니가타현의⋯⋯." 말을 꺼낸 순간 몸이 부르르 떨렸다. "지역 특산품? 민예품? 뭐, 그런 거야."

"니가타? 고토 사부로는 분명⋯⋯."

"응, 맞아. 니가타현 출신이야."

여기 사는 사람이 왜 삼각 다루마를 가지고 있는지는 알 수 없었다. 하지만 꼭 필요한 물건만 있는 상황이니 그 사람에게 아주 중요한 물건일 것이다.

"겐타, 류노스케." 갑자기 신지의 목소리가 들려왔다. 문에서 얼굴만 쏙 들이밀고 있었다. "밖에서 좀 이상한 걸 찾았어. 잠깐 봐 줄래?"

오케이, 하며 겐타가 배낭을 들고 일어서고 나도 따라서 일어나려던 순간, 시야 끝에 무언가 걸렸다. 거주자의 배낭에

---

* 달마대사를 본떠 만든 둥그런 오뚝이 인형이지만 일부 지역에서는 원뿔 모양으로 만들기도 한다.

서 끄집어낸 옷가지 아래에 무슨 종이가 있었다. 신경이 쓰여 엉거주춤한 자세로 손을 뻗었다.

사진이었다. 잔뜩 빛바랜, 아마도 필름 사진 같았다.

특별할 것 없는 평범한 단독 주택 앞에서 찍은 사진으로, 성인 남성과 여성이 나란히 서 있고 여성은 아기를 안고 있었다. 가족사진 같았다. 자택을 짓고 기념하려고 찍은 사진인가? 고토도 평화롭게 살았던 젊은 시절에 요코하마의 교외에 집을 지었다고 했다. 물론 오래전에 남의 손에 넘어간 모양이지만.

아무튼 고토인지 아닌지 알 수 있는 결정적인 증거가 될 물건이었다. 다른 사람의 사진을 들고 다니지는 않을 테니까.

사진을 살펴보았다.

지명 수배되었을 정도이니 고토의 인상착의는 여기저기 공개되었다. 그러나 최근 몇 년 사이에 찍은 사진은 제대로 남아 있지 않아서 방범 카메라에 흐릿하게 찍힌 사진과 경찰이 그린 몽타주밖에 없었다.

사진 속 남성은 몹시 행복해 보이는 웃음을 띤 채 카메라를 보고 있었고 서른이 채 되어 보이지 않았다.

그가 고토인지 아닌지, 그가 맞다고도 아니라고도 확신할 수 없었다.

인상은 표정에 따라 크게 달라지는 데다 무엇보다 사진이 너무 오래되었다. 하물며 고토처럼 급격한 환경 변화를 겪고 피폐한 생활을 하면 인상도 크게 바뀔 것이다. 그런 까닭에 '닮았다고 하기는 어렵지만, 젊은 시절의 고토일 가능성도 완전히 버릴 수는 없는' 느낌이었다.

고토가 옛 가족에게 어떤 감정을 품고 있었는지는 밝혀지지 않았다. 그래도 행복했던 옛 시절의 가족사진을 늘 몸에 지니고 있었다 해도 이상하지는 않았다.

별생각 없이 사진을 뒤집어 보니 뒷면에는 글자와 숫자 몇 개가 적혀 있었다. 숫자는 틀림없이 날짜였고 27년 전의 연도였다. 눈을 가늘게 떴을 때 옆에서 다급한 목소리가 들려왔다.

"류노스케! 뭐 하고 있어!"

작지만 긴장감이 그득 담긴 목소리였다.

목소리의 상태는 물론이거니와 생각지 못한 방향에서 들렸다는 데 놀라면서 눈을 돌리자 안쪽 벽에 난 틈으로 신지가 얼굴을 내비치고 있었다. 한 단 높은 마룻바닥에 위에 있는 나와 얼굴의 높이가 비슷했다. 발판을 썼을까, 겐타가 들어 올리고 있는 걸까.

내가 멍하니 보고 있든 말든 신지는 다시 초조함이 묻어나는 말투로 빠르게 말을 늘어놓았다.

"숲속에서 누가 나왔어. 여기 사는 사람일지도 몰라."

오싹 소름이 끼쳤다. 사진에 정신이 팔리는 바람에 나만 제때 도망치지 못했다.

"도망쳐야 해."

발길을 돌리려던 순간 "잠깐!" 하는 목소리가 들렸다.

"지금 나가면 들켜. 방 안에 숨는 게 낫겠어. 그다음은 어떻게든 해 볼 테니까."

여기 숨는다고? 숨을 데가 어디 있다고?

크게 당황한 채 실내를 돌아보았다. 신지가 얼굴을 내민 벽 틈새로는 나갈 수 있을 것 같지 않았다. 위치가 너무 높은 데다 나의 둥그런 배가 통과하지 못할 듯했다.

벽장에는 장지문이 없고 몸을 숨길 만한 큰 물건도 없었다.

아, 하며 아래를 내려다보았다. 마루 밑으로 들어갈 수 있을까?

바닥이 크게 부서진 마루 밑을 들여다보았다. 아래는 바닥이 흙이고 빛이 닿는 곳에는 드문드문 잡초가 나 있었다. 마루와 지면 사이는 40센티미터쯤. 살이 찐 나도 간신히 들어갈 수 있을 듯했다. 하지만 어둡고 축축하고 벌레도 있을 것같아서 솔직히 이런 곳에는 들어가고 싶지 않았다.

그때 내 귀에도 발소리가 들렸다. 거주자가 돌아왔다. 고집을 부릴 때가 아니었다.

마루 밑으로 기어들려다가 내 배낭을 그대로 놔두었다는 사실을 알아차렸다. 허둥지둥 배낭을 가지러 가면서 얼핏 벽 틈새를 보자 신지의 모습이 보이지 않았다. 건물 뒤에 숨어 숨죽이고 있을지도 모른다.

배낭을 손에 들고 다시 드러난 지면으로 내려가 쪼그려 앉았다. 지금 당장이라도 문이 열릴 것 같아 마음이 자꾸 조급해졌다. 서둘러 엎드려 마루 밑으로 들어갔다.

"응?" 하는 목소리가 들려왔다. 뭔가 미심쩍어하는 듯한, '아저씨' 같은 남자의 목소리였다. 이어서 약간 쉰 목소리로 "안 닫았었나?" 하고 중얼거렸다.

드나들 수 있도록 문을 열어 두었던 기억이 났다.

아차 했지만, 지금은 어찌할 도리가 없었다. 덜커덩덜커덩 문 흔들리는 소리가 울렸다. 문을 더 활짝 여는 소리일까, 닫는 소리일까.

허리 벨트가 어딘가 걸려서 더 이상 앞으로 나아갈 수 없었다. 격렬한 소리를 내며 문이 닫혔다. 동시에 배를 깔고 기어서 겨우 마룻바닥 밑에 몸을 숨겼다. 배낭도 가슴팍으로 끌어당겼다.

남자가 흙바닥을 걷는 기척이 느껴졌다.

문을 여닫는 소리에 뒤섞였겠지만, 내가 낸 소리를 눈치챘을지도 모른다. 조금 전부터 심장이 벌렁벌렁 뛰는 탓에 심장

소리가 들리면 어쩌나 불안해서 심장이 더 빨리 뛰었다. 발소리가 다가왔다.

"이런 젠장맞을!"

갑자기 머리 위로 울려 퍼진 고함 소리에 심장이 아플 만큼 바짝 오그라들었다.

"누가 들어왔었구먼."

들통났다는 생각에 온몸의 핏기가 싹 가셨다.

남자는 마루방으로 올라와 분노를 드러내면서 쿵쾅쿵쾅 걸었다. 소리가 울릴 때마다 심장이 펑 터져 버릴 것 같았다.

남자가 털썩 자리에 앉았다. 또 심장이 비명을 질렀다. 하지만 여기서 좀 떨어진 곳이었다. 남자가 마루 밑을 들여다보는 기척은 없었다.

문득 남자가 화를 내는 이유에 짐작이 갔다.

그의 배낭에서 옷가지를 끄집어낸 데다 삼각 다루마와 사진도 아무렇게나 내버려둔 상태였다. 우리가 물건을 뒤진 흔적을 보고 침입자가 있다고 알아차린 것이다.

실수가 한둘이 아니라고 다시금 생각했다.

겐타의 친척이 발견했을 때도, 우리가 왔을 때도 이 건물은 비어 있었다. 일단 망을 봐야 한다고 말하긴 했지만, 낮에는 계속 비어 있을지도 모른다고 무심코 방심했다. 짐을 뒤지려면 좀 더 신중하게 행동했어야 했다. 문도 마찬가지였다.

게다가 어지간히 잘 감시하지 않고서는 사람을 발견한 뒤에 발각되지 않고 도망칠 시간을 벌 수는 없다. 조금만 생각하면 알 수 있는 부분이었건만, 모두 대책 없이 행동해 버렸다.

그렇다고 이제 와서 후회해 봤자 소용없었다. 다행히 내가 마루 밑에 숨어 있다는 사실은 아직 알아채지 못한 듯했다.

작게 안도하고 나니 주변 상황이 비로소 머릿속에 들어왔다. 마루방은 여기저기 갈라지거나 부서진 탓에 바닥 밑이 어슴푸레 밝아서 깜깜하다고 할 정도는 아니었다.

다만 바깥으로 통하는 구멍은 없어 보였다. 밖으로 구멍이 나 있었다면 햇살이 들이쳐서 더 밝을 터였다. 기억에 따르면 밖에서 본 건물의 모습도 벽이 지면까지 이어져서 툇마루처럼 아래가 뚫려 있지는 않았다.

그렇다면 여기서 직접 밖으로 탈출할 방법은 없다. 남자가 다시 집을 비우기를 기다렸다가 방 안으로 다시 돌아가는 수밖에 없는데, 몇 시간 후가 될지 알 수 없었다. 어쩌면 남자는 오늘 더 이상 나가지 않을지도 몰랐다.

마루 밑은 눅눅하고 탁한 공기가 가득했다. 다급하게 움직이느라 아까는 무시했지만, 숨을 때 거미줄에 걸리는 바람에 얼굴에 남은 기분 나쁜 감촉이 새삼 느껴졌다. 얼굴을 훔치려고 하면 소리가 날 것 같아 움직일 수 없었다.

여기서 얼마나 가만히 기다려야 할까…….

암담한 기분에 사로잡혔다.

소리 하나 내지 않고 오랜 시간 옴짝달싹 않고 있기란 어려울 듯했다. 남자가 돌아다닐 때 깨진 마룻바닥 틈으로 내 몸이 보일 수도 있다. 되도록 찾기 힘든 곳으로 기어 들어왔지만, 여기저기 틈새나 갈라진 곳이 있어서 완전히 숨기는 불가능했다.

들키면 어떻게 될까. 거의 꼼짝 못 하는 상태이니 발각되면 끝장이다. 꼼짝없이 붙잡힐 것이다. 정말 고토 사부로라면 나는 결국 살해당할까?

설마 그럴 리가……. 마음속으로 쓰게 웃었다.

세상을 떠들썩하게 한 유명한 살인자의 은신처를 우리가 발견하다니, 그런 우연이 어디 있을까. 가령, 만에 하나, 남자가 고토라 해도 그렇게 쉽게 사람을 죽이지는 않을 터였다. 그 사건은 분명 불행한 우연에서 비롯된 것이고 고토는 틀림없이 소심한 사람일 것이다. 그래서 사건을 감추려는 시도도 하지 않고 무작정 도망쳤겠지.

그렇게 생각해 보아도 마음은 조금도 놓이지 않았다.

고토는 이미 선을 넘어버린 범죄자다. 은신처가 발각된 데다 상대는 힘없는 초등학생. 만약 들키면 무사히 넘어갈 거라는 생각은 들지 않았다.

남자는 좀 전부터 잘 들리지 않는 작은 목소리로 투덜투덜 푸념 같은 말을 늘어놓고 있었다. 부스럭부스럭 소리가 나는 걸 보면 겐타가 어지른 짐을 정리하고 있을지도 모른다.

어쩌면……, 나는 무언가를 깨달았다.

침입한 흔적을 남긴 건 결과적으로는 잘한 일이었을지도 모른다. 짐을 뒤지고 사진을 봤다는 사실도 눈치챘을 테니 남자는 분명 자신의 신원이 밝혀졌다고 생각할 것이다. 정말 고토가 맞다면, 도주 중인 범죄자라면, 당연히 신고가 들어갔을지도 모른다는 점에 생각이 미칠 터였다. 한시라도 빨리 이곳을 뜨려 하지 않을까?

앞으로 10분이나 15분쯤 가만히 숨어 있으면 남자는 틀림없이 짐을 정리해서 건물을 떠날 것이다.

빛이 보이자 몸속에서 힘이 솟아났다.

괜찮아. 나는 살 수 있어.

그렇게 용기를 얻은 순간이었다. 배낭을 껴안은 오른손 손등 위로 벌레가 굼실굼실 기어갔다. 자제심을 있는 힘껏 발휘해서 비명은 참았지만, 움찔 반응하는 몸은 막지 못했다.

오른쪽 어깨가 마룻바닥 밑에 세게 부딪쳐서 요란한 소리를 냈다.

"누구야!" 남자의 날카로운 고함이 날아왔다. "바닥 밑에 숨어든 거냐!"

남자의 발소리가 울렸다. 오른손을 크게 휘둘러 벌레를 쫓고 더 안쪽으로 몸을 움직였다. 발치에서 남자의 목소리가 들렸다.

"어린애냐?"

머리 쪽에도 커다란 구멍이 있었다. 그쪽으로 도망치는 수밖에 없었다.

하지만 좁은 마루 밑을 기는 것보다 마룻바닥을 걷는 속도가 더 빠른 건 자명한 사실이었다. 앞질러 목적지에 다다른 남자가 "절대 안 놓친다" 하며 얼굴을 내밀었다. 거꾸로 보이는 얼굴이 히죽 웃었다.

이제 다 끝났다……. 온몸에서 힘이 빠지고 맥이 탁 풀렸다.

그때 입구 쪽에서 쾅 하고 격렬한 소리가 났다.

"야! 고토 이리 나와! 거기 있는 거 다 안다고!"

겐타의 목소리였다. 바로 알아차렸다. 나를 도망치게 하려는 거구나.

남자의 얼굴이 사라지더니 "대체 뭐야" 하고 투덜거리며 자리를 떠나 문을 여는 소리가 들렸다.

안도는커녕 어떻게 해서든 겐타와 신지가 만들어 준 기회를 놓치지 말아야겠다는 생각에 마음이 조급해졌다. 남자가 밖으로 나갔다는 걸 소리로 확인하면서 온 힘을 다해 마루 밑을 기어 바닥 위로 얼굴을 내밀었다. 어둡고 눅눅한 마루 밑에서 드디어 빠져나온 해방감을 느끼기도 전에 재빨리 실내에 아무도 없음을 확인하고 흙투성이가 된 배낭을 등에 멨다.

"야!" 이번에는 도발하는 신지의 목소리가 들려왔다. 조금 전보다 분명히 먼 곳에서 소리치고 있었다. "잡을 수 있으면 잡아 봐!"

득달같이 남자의 외침이 울렸다.

"이봐! 기다려, 이 녀석들!"

활짝 열린 문으로 바깥 상황을 살폈다. 온 힘을 다해 숲으로 도망치는 신지와 겐타의 모습이 보였다. 조금 떨어져서 남자가 그 뒤를 쫓았다. 뒷모습이기는 하지만, 그제야 처음으로 남자가 어떻게 생겼는지 볼 수 있었다.

살이 조금 쪄서 나와 똑 닮은 몸매였다. 달리는 모습도 익살스러웠다.

고토는 키도 몸집도 보통이고 눈앞에 있는 남자처럼 통통하지 않았다. 게다가 남자는 정수리 부분이 갓파*처럼 벗겨져 있었다. 반들반들하지는 않지만, 맨살이 또렷이 보일 만큼

---

* 물속에 사는 상상의 동물로 머리 위가 접시처럼 오목하고 등에는 등딱지를 달고 있다.

머리숱이 적었다.

방범 카메라에 찍힌 고토의 사진도, 경찰이 그린 몽타주도 머리칼은 덥수룩했다. 그때 이후로 아직 두 달밖에 지나지 않았다. 가발이었다는 말은 없었고 경찰이 그런 중요한 정보를 파악하지 못했다거나 공개하지 않았다고 보기도 어려웠다. 변장하려고 머리를 자르거나 삭발을 하기는 해도 저런 머리를 하지는 않을 터였다. 그뿐만 아니라 저렇게 자연스러운 대머리를 의도적으로 만들려면 장인의 솜씨가 필요하고 이발소에서 그런 요구를 하면 확실히 의심을 살 것이다.

남자는 고토가 아니다.

사실을 깨닫자마자 온몸에서 긴장이 쑥 빠져나갔다. 그럴 리 없다고 생각하면서도 '살인범일지도 모른다'는 공포가 내 마음을 생각보다 단단히 얽매고 있었나 보다.

남자가 뛰면서 외쳤다.

"이봐! 그 앞은 낭떠러지라고!"

어? 내가 그렇게 중얼거린 것과 동시에 말이 채 되지 못한 신지의 비명이 울려 퍼졌다. 더불어 겐타의 절규가 깊은 산속에 메아리쳤다.

"신지————!!!"

가스레인지의 불을 끄고 시계를 보았다. 오후 6시 42분. 조금 전에 본 뒤로 4분밖에 지나지 않았다.

조리대 위에 올려 둔 스마트폰을 들었지만, 전화도 방금 전에 걸었다는 걸 떠올리고 전원 버튼에 올린 손가락을 그대로 두었다. 검은 화면에 안색이 어두운 내 얼굴이 비쳤다. 이래저래 다섯 번 이상 걸었는데, 계속 서비스 불가 지역이라는 답만 돌아왔다.

괜한 걱정일 거라고 생각하면서도 휴대전화가 줄곧 서비스 불가라는 점이 불길한 예감에 설득력을 더했다.

가게 마감을 끝내고 돌아온 아버지가 부엌에 모습을 드러냈다. 식사 준비가 끝나지 않은 식탁을 보고 의아함에 눈썹을 찡그리더니 두리번두리번 주변을 둘러봤다.

"신지는? 아직 안 왔어?"

"으음……." 수건에 손을 닦으며 조리대를 돌아 식탁으로 향했다. "오기는커녕 전화도 안 돼요."

"오늘은 어디로 놀러 갔는데?"

"류노스케랑 논다고 하기는 했는데, 어디로 가는지까지는 못 들었어요. 류노스케한테도 전화해 봤는데 이쪽도 서비스 불가라고 연결이 안 되고. 이건 좀 이상하지 않나 싶어요."

"그리 걱정할 필요 없어." 아버지는 껄껄 웃으며 식탁에 앉았다. "방해받기 싫어서 전원을 껐겠지. 정신없이 노느라 시간 가는 줄 모르는 건 흔한 일이니까."

"그럼 안 되죠. 여섯 시까지 집에 돌아오는 건 신지도 충분히 납득하고 둘이서 정한 규칙이에요. ……아니, 지금은 이런 이야기를 할 때가 아니라. 아버지 말대로라면 다행이지만 5분, 10분이면 모를까 이렇게 늦은 적은 한 번도 없었어요."

"걱정할 필요 없다니까. 여자아이도 아니고. 아직 일곱 시도 안 됐잖아. 일단 먼저 밥부터 먹자."

짜증이 울컥 솟았지만, 받아치지는 않았다. 남자니까 어떻고 여자니까 어떻다는 말도 시대착오인데, 아니, 지금 그게 중요한 게 아니라…….

속을 끓이며 머리를 헝클어뜨리고서 내가 흥분하면 어쩌느냐고 또 다른 자신이 스스로를 꾸짖었다.

심호흡하듯 크게 한숨을 내쉬며 확실히 아직 야단법석을 부리기에는 이르다고 생각하다가도, 바로 다음 순간에는 '지금 행동하지 않은 걸 후회하게 될지도 몰라'라는 생각이 불쑥 솟았다. 부엌으로 돌아가려 해도 발이 떨어지지 않고 조바심에 몸이 뻣뻣하게 굳어졌을 때,

띠잉도옹.

어리벙벙한 초인종 소리가 울렸다. 아버지가 태평하게 "거

봐, 왔잖아"라고 말했지만, 신지라면 초인종을 누를 리가 없었다. 집에는 사람이 없을 때가 많고 일하는 중에는 답하지 못할 수도 있으니 신지에게는 늘 열쇠를 소지하게 했다.

인터폰은 받지 않고 아래층으로 뛰어갔다.

10초도 채 되지 않는 시간 동안 온갖 가능성이 머릿속을 맴돌았다. 경찰, 학교 선생님, 근처 주민, 신지와 전혀 상관없는 광고 또는 택배, 아아 그래, 신지가 열쇠를 잃어버린 것뿐일지도 모른다.

잠금장치를 푸는 시간도 아까울 만큼 다급히 문을 열었다.

눈앞에 펼쳐진 광경은 내가 상상한 어떤 상황과도 일치하지 않았다.

어색한 웃음을 띤 신지와 가장 먼저 눈이 마주쳐 온몸에서 힘이 빠짐과 동시에, 얼굴이 이상하게 높은 곳에 있다는 의문이 들었다. 그다음에는 신지가 낯선 남자의 등에 업혀 있다는 사실을 인식했다. 옆에는 류노스케도 서 있었다.

50대 후반쯤 되어 보이는 낯선 남자는 머리숱이 적고 꾀죄죄한 모습이었다. 류노스케는 어째서인지 등에 멘 배낭 외에도 가방 두 개를 양손에 들고 있었다. 남자와 신지의 짐인가?

"어, 안녕하세요." 낯선 남자가 꾸뻑 고개를 숙여서 신지까지 덜렁 흔들렸다. "저기, 뭘 어떻게 설명하면 좋을까요."

아니, 이쪽이 묻고 싶은데요.

"저, 아저씨⋯⋯." 류노스케가 말을 이어받았다. "신지가 발을 다쳤어요. 아마 접질린 듯한데, 심각하지는 않을 거예요. 어떻게 된 건지 설명하고 싶은데 들어가도 될까요?"

"그, 그래. 물론이지."

뭐가 뭔지 몰랐지만, 고개를 끄덕이는 수밖에 없었다.

우리 집 2층 식당에서 나, 아버지, 신지, 류노스케, 낯선 남자까지 총 다섯 남자가 식탁을 둘러싸고 앉았다.

류노스케의 스마트폰은 제때 충전하지 못해 배터리가 나가는 바람에 우선 공중전화로 집에 연락을 넣었다고 했지만, '신지네 집에서 밥을 먹고 간다'고 우리 집에서 다시 연락해 두었다.

신지의 발목은 제법 부어오른 것이 틀림없이 염좌인 듯했다. 우선 테이프를 감아 발목을 보호하고 내일이라도 병원에 데려가기로 했다.

식사는 당연히 3인분만 준비해 둔 터라 냉동식품 따위로 반찬을 늘리고 나와 아버지는 밥 대신 빵을 먹기로 했다.

낯선 남자는 곤도 시노부라고 이름을 밝혔다.

식사하며 류노스케와 신지 그리고 곤도가 오늘 하루 있었던 일을 이야기해 주었다. 다만 설명은 대부분 류노스케가 하고 이따금 신지가 내용을 덧붙였으며 곤도는 오로지 식사에만 열중했다.

젠타라는 같은 반 친구가 산속 폐가에 같이 가자고 둘에게 제안했다는 이야기. 거기서 생활하던 사람은 도주 중인 범인 고토 사부로가 아니라, 본인이 말하기를 '평범한 아저씨'인 곤도 시노부였다는 이야기. 고토 사부로라는 증거를 찾으려고 집을 물색하다가 류노스케 혼자 폐가 안에 남겨졌다는 이야기 등을 들려주었다.

그때 신지와 젠타는 폐가 밖에서 몰래 안쪽 상황을 살피고 있었던 모양이다. 처음에는 류노스케가 발각되지 않은 듯해 조용히 지켜보다가 남자가 다시 숲속으로 사라지면 류노스케를 데리고 도망칠 생각이었다. 그러나 새어 나오는 목소리를 듣고 류노스케가 결국 들켰다는 사실을 알게 되었다. 그래서 둘은 류노스케를 구하기 위해 남자를 밖으로 유인하려 했고, 곤도는 그들이 달아나는 방향에 낭떠러지처럼 가파른 비탈이 있음을 알고 위험하다고 소리쳤다. 하지만 경고가 제때 닿지 않아 신지가 비탈에서 미끄러져 떨어졌다.

경사가 급한 비탈이었지만 여기저기 나무가 있어서 다행히 몇 미터 미끄러지는 데 그쳤다. 구출 방법을 이것저것 시도한 끝에 즉석으로 밧줄을 만들어 젠타가 밑으로 내려간 다음 다 같이 힘을 합쳐 간신히 끌어 올리는 데 성공했다.

하지만 신지는 발목을 접질린 데다 주머니에 넣어둔 스마트폰도 떨어질 때의 충격으로 망가지고 말았다.

"그래서 곤도 씨가 업어서 산을 내려와 주신 건가요?"

나는 조금 놀란 채 물었다. 갑자기 자신에게 말머리가 돌아오자 곤도는 당황한 표정으로 입 안에 든 밥과 돈가스를 삼켰다.

"아뇨, 계속은 아니에요. 류노스케나 겐타가 가끔씩 부축해 주기도 했거든요. ……그렇지?"

신지에게 동의를 구하자 아이는 잔뜩 주눅 든 얼굴로 끄덕 고개를 움직였다. 설명이 필요할 때는 입을 열었지만, 돌아온 뒤로 줄곧 얌전한 표정으로 입을 다물고 있었다.

구로하 집안의 방침대로 결코 야단은 치지 않는다. 그건 신지도 알고 있으니 요컨대 자신이 얼마나 무모한 짓을 했는지 스스로도 잘 알고 있다는 뜻이었다.

"감사합니다. 폐를 끼쳐 정말 죄송합니다. 그런데, 구조대를 부를 생각은 하지 않으셨나요?"

"아아, 그게……." 곤도가 변명하듯이 말했다. "아이들 휴대전화는 있었지만, 서비스 불가였거든요. 등산로 입구까지 내려가면 전파가 터지기는 하지만, 이미 거기까지 갔으면 버스만 타면 되니까요. 신지도 구급차를 부를 정도는 아니라고 했고요. ……그렇지?"

다시 동의를 구하자 신지는 좀 전과 다름없이 묵묵히 고개를 끄덕였다. 비위를 맞추듯 선웃음 짓는 곤도와 정반대로 류노스케는 심각한 표정을 짓고 있었다.

솔직히 곤도의 말은 받아들이기 힘든 내용이었다.

부상의 정도도 결국은 일반인이 내린 판단일 뿐이다. 생명에 지장이 없었다고는 해도 되도록 빨리 적절한 조치를 취하는 것이 가장 바람직하다. 구조 요청을 하지 않은 건 아무리 좋게 말해도 경솔한 판단이었다.

즉석으로 밧줄을 만든 건 나쁘지 않지만, 어디까지나 더 미끄러져 떨어지지 않도록 막는 데 그쳤어야 했다. 겐타마저 위험에 노출되는 셈이니 구출은 마땅히 전문가에게 맡겨야 했다.

무엇보다 부상자를 옮기며 산을 내려오는 일에는 위험이 따르기 마련이다. 곤도는 등산 경험이 많아 보이지 않는 데다 나머지 둘은 어린아이였다. 혼자 걷지 못하는 부상자를 데리고 산을 내려오기란 꽤나 어려웠을 테니 자칫하면 또 다른 사고가 일어났을지도 모른다.

우선 신지가 더 밑으로 떨어지지 않도록 막는 수단을 마련한 뒤, 이를테면 곤도와 겐타가 둘이서 전파가 닿는 곳까지 내려가서 구조를 요청하는 것이 가장 적절한 판단이었다.

그러면 모두가 좀 더 빠르고 안전하게 산을 내려올 수 있었을 테고 집에도 연락이 닿았을 것이다.

하지만 폐가를 멋대로 빌려 생활하는 곤도의 입장에서는 경찰이 끼어들 만한 사태를 피하고 싶지 않았을까. 구조 요청을 하면 경찰에 사정을 자세하게 털어놓아야 한다. 어떻게 해도 곤도의 불법 행위가 드러날 것이다. 그는 그런 상황이 두려웠을 것이다. 아니면 '경찰과 얼굴을 마주하고 싶지 않은' 더 큰 이유가 있었나?

똑똑한 류노스케라면 현장에서 구조 요청을 하자고 제안하지 않았을까. 하지만 유일한 어른이 다 같이 힘을 합쳐 구출해서 산을 내려가자고 하면 아이들도 반박하지 못했을 것이다. 마음대로 짐을 뒤졌다는 마음의 빚도 있는 데다 살인범이라고 단단히 착각한 일은 물론 비탈로 굴러떨어진 일도 그들의 탓이었다.

결과적으로 신지는 무사히 집에 돌아왔고 큰 문제도 일어나지 않았다. 곤도가 아들을 구해 준 것은 틀림없는 사실이며 그 점은 아무리 감사 인사를 해도 부족했다.

부적절한 대처는 묻어 두되 이것만은 확인해 두고 싶었다.

"그런데 곤도 씨는 왜 산속 폐허에서 생활하고 계시나요? 물론 소유주에게도 허락을 받지 않으셨겠죠?"

선웃음을 띠고 있던 그의 얼굴이 급격히 어두워져서 서둘러 친근한 말투로 덧붙였다.

"아, 걱정하지 마세요. 절대 발설 안 하겠습니다. 아들을 구해 주셨잖아요."

그럼에도 곤도는 머뭇거리는 기색이었지만, 곧 맥이 빠진 표정을 짓더니 "음, 저는 상상하신 대로 떠돌이라서요" 하고 자조하듯 말하며 입술을 일그러뜨렸다.

"예전에는 공장을 운영하면서 그런대로 행세깨나 부렸죠. 그런데 가장 믿었던 사람한테 배신당하는 바람에 그때부터는 그야말로 언덕길을 굴러 내려가듯이, 말이에요. 정말 딱 어울리는 말입니다. 설마 내가 노숙자가 되리라고는 털끝만큼도 생각하지 못했는데. 정말 우왕좌왕 어찌할 바를 모르겠더군요. 그야말로 언덕길을 굴러 내려간다는 말이 딱이었어요."

그는 그동안 쌓인 생각이 많았는지 한번 말을 시작하니 멈추지 않았다.

재산도 집도 일도 가족도 모두 잃은 곤도는 요코하마 시내의 공원이나 하천 부지를 떠돌았다. 하지만 이슬을 피할 수 있는 가장 좋은 자리에는 늘 주인이 있었고 노숙자들 사이에서 영역 다툼도 벌어졌다. 곤도를 무엇보다 괴롭게 만든 것은 사람들의 눈과 발소리였다고 한다.

"역시 무섭더군요. 사람들 눈이. 내가 그쪽에 있었을 때 그랬듯이 오물을 보듯 쳐다보겠구나 싶어서. 아니면 시야에 들어와도 존재하지 않는 것처럼 취급하거나.

　그래도 가장 괴로운 건 발소리예요. 소리만큼은 피할 수가 없으니까요. 사람들은 모두 어딘가를 향해 걸어요. 목적지로 가기 위해 발걸음을 옮기죠. 그게 말이에요, 목적지도 없고 갈 곳도 없는 저를 몰아세운답니다."

　그러다 곤도는 불현듯 생각했다. 사람 없는 산속에서 생활하면 되지 않을까 하고. 산은 산대로 힘들겠지만, 길바닥에서 잔뜩 움츠리고 있기보다는 몇 배나 낫다고 생각했다. 그리고 실제로 해 보니 예상대로 마음이 편안했다.

　"뭐, 저한테는 그게 잘 맞았던 거겠죠. 그 후로는 날품 팔아서 현금을 조금 번 다음 얼마간 산에 틀어박히는 생활을 시작했어요. 간이 숙소와 달리 하루에 얼마씩 숙박료도 안 드니까요. 몇만 엔쯤 있으면 꽤 오래 지낼 수 있죠."

　그런 생활을 시작한 것이 3개월 전.

　지금 사는 폐허는 두 번째로 찾은 거점으로, 우연히도 고토 사부로가 도주한 2개월쯤 전부터 이용했다고 한다.

　아버지가 질문했다.

　"고토 사부로의 사건은 지금까지 전혀 몰랐습니까?"

　"물론이죠. 신문을 읽을 기회도, 텔레비전을 본 적도 없으니까요."

　그렇지, 그렇지, 하며 뭔가를 떠올린 듯 손뼉을 치더니 곤도는 칙칙한 색의 배낭에서 사진 한 장을 꺼내 테이블 위에 놓았다.

"이 사진을 봐 주시겠어요? 벌써 30년 전이지만, 집을 지었을 때 찍은 사진이에요. 완전히 잊고 있었는데, 전부 다 잃은 뒤에 어딘가에서 불쑥 튀어나왔죠. 그 후로 이 사진만큼은 어떻게 해도 손에서 놓을 수 없더라고요."

그렇게 말한 그는 처음 보는 온화한 미소를 띠었다.

빛바랜 필름 사진에는 젊은 시절의 곤도와 아기를 안은 여성의 모습이 담겨 있었다. 뒷면에는 '새집에서'라는 글씨와 날짜가 적혀 있었다.

아버지도 따라 미소 지었다.

"좋은 사진이네요. 두 사람 모두 행복한 표정이군요."

그렇죠, 하며 싱글싱글 웃더니 곤도는 류노스케를 힐금 보았다.

"저 아이가 폐가에서 이 사진을 본 모양인데, 그래도 여전히 도주 중인 살인범이라고 착각했나 봐요. 그렇게 닮았나요?"

류노스케는 겸연쩍은 듯 고개를 움츠리고 아버지는 고개를 갸웃했다.

"닮지는 않았네요. 하지만 음, 아무래도 오래전 사진이고 사람의 인상은 상황에 따라 크게 달라지기도 하니 그걸 고려하면 절대 아니라고는 할 수 없지요. 그렇게 생각한 거 아니니?"

마지막은 류노스케에게 하는 말이었다. 류노스케는 끄덕끄덕 고개를 움직였다.

"맞아요. 폐가에 남은 물건도 여러모로 고토와 같은 부분이 많았고 고토도 아내와 딸이 있었다고 하니. 그 점도 있어서."

그 이야기는 조금 전에도 들었다. 다만 50대 남자 중에는 술을 마시는 사람도 담배를 피우는 사람도 많다. 세븐스타는 상당히 대중적인 브랜드이기도 하다.

참고로 곤도가 가지고 있던 삼각 다루마는 가족이 무너지기 얼마 전에 니가타 여행에 다녀 온 딸의 선물이었던 모양이다. "얼굴이 아빠랑 닮았더라"라며 건네던 표정이 마지막으로 본 딸의 웃는 얼굴이었다고 한다. 곤도는 니가타와는 아무런 관계도 없었다.

어쨌든 폐가에서 사람의 흔적을 찾았다는 것만으로 살인범의 은신처라고 단정 짓다니. 정말이지 초등학생다운 생각이었다. 하지만 현장에 남은 흔적이 이렇게나 고토와 일치했으니, 다소 차분했던 류노스케마저 '설마' 하고 의심하게 된 것도 이해가 되었다.

다만 딱 하나. 도무지 납득이 가지 않는 부분은 있었다.

이미 식사를 마친 아버지가 진지한 표정으로 말했다.

"저희 손자를 구해 주셔서 어찌나 감사한지 모르겠습니

다. 정말 고맙습니다." 그러고는 테이블 위로 깊이 고개를 숙였다. "그런데 곤도 씨는 앞으로도 지금처럼 생활하실 생각인가요?"

곤도는 조금 언짢아 보이는 표정으로 시선을 피했다. 아버지가 말을 이었다.

"은인에게 잔소리를 하고 싶지는 않지만, 곤도 씨가 지금 하고 있는 행동은 역시 용납되지 않는 일입니다. 산속이라 해도, 폐허라 해도, 그곳은 누군가의 땅이고 누군가의 소유물이지요. ……그렇지?"

나에게 묻기에 맞장구를 쳤다.

"틀림없이 불법 행위이기는 하죠. 말하지 않아도 이미 스스로 알고 계시겠지만요."

그렇기에 구조를 요청하지 않았을 것이다.

아버지는 타이르는 말투로 다시 입을 열었다.

"저희에게 곤도 씨의 삶을 가지고 이러쿵저러쿵할 권리는 없고, 저 또한 다른 사람한테 설교를 늘어놓을 만한 인간은 아닙니다. 하지만 감사하다 인사하고 돈을 건네는 안이한 일은 하고 싶지 않고요. 그 대신 곤도 씨가 노숙 생활을 벗어날 수 있도록 돕고 싶습니다. 곤도 씨가 그럴 마음이 있다면, 말이지요."

잠시 어색한 침묵이 이어졌다. 이윽고 곤도는 체념한 듯 한

숨을 내쉬었다.

"그것참, 제가 졌습니다. 앞에 아이가 둘이나 있으니 꼴사나운 말은 못 하겠네요. 뭐, 이것도 무슨 인연일까요. 저도 이대로는 안 된다는 건 알고 있었거든요."

"그러면……"

"네, 한 번 더 애써 보겠습니다."

그렇게 말하며 보인 웃음은 옅디옅었지만, 들러붙어 있던 귀신이 떨어져 나간 양 후련해 보였다.

그 후 오늘 밤은 아무쪼록 우리 집에서 씻고 하루 묵어갔으면 좋겠다고, 남자밖에 없는 집이니 사양 말라고 말했지만, 곤도는 그런 일은 바라지 않는다며 완강히 거절했다.

그 대신 자주 가는 간이 숙소에 묵을 돈과 거기까지 갈 교통비를 빌려 달라고 했다. 딱히 갚기를 기대하지는 않았지만, 다시 일어서서 돈을 갚는 것도 동기가 될까 싶어서 "그러면 빌려드리겠습니다" 하며 1만 엔을 건넸다. 거기다 팔고 남은 빵도 주었다.

남자와 류노스케를 차에 태우고 우선 류노스케를 집까지 데려다주었다.

이번 일은 신지가 굴러떨어진 것뿐만 아니라 중대한 사고로 이어졌을지도 모를 만큼 무모하고 경솔한 행동이었다. 하지만 아이들의 행동이란 대부분 그런 식이다. 자신의 어린 시절을 돌아보아도 까딱 잘못하면 죽었겠구나 싶은 터무니없는 행동이 스무 가지, 서른 가지는 훌쩍 넘는다. 무용담이나 재미있는 이야기로 넘길 수 있느냐 없느냐를 결정하는 '까딱'의 차이란 결국 운에 불과하다.

하지만 그렇다고 이대로 아무것도 하지 않는 것은 어른의 태만이었다.

이번에는 다행히―신지는 무섭고 아픈 맛을 보았겠지만―아슬아슬하게 웃어넘길 수 있는 이야기로 그쳤다. 중요한 건 여기서 무엇을 배우는가다.

아이들도 스스로 크게 반성하고 있는 듯하니 배움을 얻을 가장 큰 기회였다. 이럴 때 절대 해서는 안 되는 일이 윽박지르며 야단치기, 잔소리하기다.

오늘 있었던 일에 대해 나중에 모든 멤버와 대화―결코 설교나 꾸지람이 아니라고 못을 박아 두었다―를 나누기로 류노스케와 약속한 뒤 헤어졌다.

이어서 특급 열차가 서는 역까지 곤도를 데려다주었다.

행정적 지원이나 노숙자를 돕는 비영리 단체도 있다고, 다시 한 번 시작할 수 있도록 도와줄 테니 꼭 연락하라고 내 연락처와 잔액이 잔뜩 남아 있는 공중전화 카드 여러 장 그리고 교통비로 2천 엔을 더 건넸다.

곤도는 허물없는 미소로 몇 번이고 감사 인사를 하고는 역 안으로 사라졌다.

하지만 그 후 그에게 연락이 오는 일은 없었다.

건넨 돈은 감사 표시라 생각했기에 상관없었지만, 마음이 뭐라 표현할 수 없이 갑갑했다. 자신의 선의는 독선에 지나지 않았나 싶어 허무함도 느껴졌다.

"서투르게 살아갈 수밖에 없는 사람도 있는 법이지."

그렇게 결론지은 아버지의 말을 들으며 지금은 그저 스스로를 달랠 수밖에 없었다.

제5화

크루아상, 여행의 시작

오늘 크루아상 공부방에는 평소와 다른 학생들이 모였다.

신지와 류노스케 그리고 무라세 겐타, 총 셋이다.

나흘 전 토요일, 산에서 있었던 일에 대해 이야기하기 위해 서다. 마유리에게는 자세한 사항은 감추고 사정을 설명해서 하루만 자리를 비워 달라고 부탁했다.

오늘 처음 만난 겐타는 몸집은 작으나, 좋게 말하면 활발하고 있는 그대로 말하면 장난꾸러기 같은 분위기가 있는 아이였다. 자기 때문에 다친 친구의 부모와 대면해서인지 불편해 보이는 표정이었다.

"오늘 이렇게 모여 줘서 고마워. 이미 말했듯이 오늘은 딱히 잔소리를 하거나 야단치려고 부른 건 아니니 안심해. 그래도 역시 여러모로 잘못한 부분은 있다고 생각해. 실제로 한 명이 다치기도 했고 말이야."

병원에서 신지를 검사해 보니 역시 단순한 염좌에다 뼈에는 이상이 없어서 순조롭게 회복 중이었다.

"그래서 이번 일에서 뭘 잘못했는지, 그걸 다 같이 생각해 봤으면 좋겠어."

갑자기 겐타가 손을 들었다.

"제가 나빴어요. 친척 형 말만 듣고 살인범이라고 단정해 버렸거든요. 그래서 신지한테는 미안하게 생각하고 있어요."

쓴웃음이 나왔다. 그야말로 상황을 모면하려는 반성문 같았다. 친구의 부모에게 우선 사과를 해야겠다고 생각한 건가?

"물론 그것도 문제였다고 생각해. 하지만 그게 전부는 아니고 여러 원인이 겹친 결과이니 신지가 다친 건 누구 하나의 잘못이 아니야. 누가 제일 잘못했는지 밝혀내자는 말도 아니고. 이번 기회에 그날 너희가 한 행동을 잘 되돌아보면, 나중에는 더 적절하게 행동할 수 있지 않을까?"

류노스케와 신지에게 차례차례 눈길을 주었다.

"무라세가 처음 이야기를 꺼냈을 때, 둘은 어떤 생각이 들었니? 역시 살인범의 은신처가 틀림없다고 생각했어?"

둘이 얼굴을 마주 보더니 류노스케가 먼저 입을 열었다.

"솔직히 그건 아닐 거라고 생각했어요. 그런 우연은 있을 리 없다고요. 그래도 혹시나 하는 마음은 있었고 그, 재미있 겠다는 생각은 들었어요."

고개를 끄덕이고 이어서 신지의 말을 들었다.

그런 다음 순서대로 사건을 돌이켜 보면서 이야기를 나누 었다. 처음에는 학급 회의처럼 딱딱한 분위기였지만, 점점 적 응이 되었는지 아니면 무슨 말을 하든 괜찮다고 받아들이기 시작했는지 스스럼없는 태도로 활발히 의견을 나누게 되었다.

각 단계마다 잘못한 점뿐만 아니라 좋았던 점이나 개선책 도 이야기했다.

아이들은 어른이 생각하는 것보다 훨씬 냉정하게 자신의 행동을 돌아볼 줄 알고 때로는 생각지도 못한 아이디어를 내 놓기도 한다.

그럴 때 어른은 의견을 밀어붙이거나 논의를 유도해서는 안 된다. 명백히 잘못된 부분은 바로잡을 필요가 있지만, 되 도록 진행하는 역할에만 머무르고 아이들끼리 대화할 수 있 도록 해야 한다. 아이들이 낸 의견은 노트에 자세히 정리해서 원하는 부분을 되돌아보거나 이야기의 방향성을 정하는 데 참고하도록 했다.

다만 이야기가 생각지 못한 방향으로 흘러가더라도 완전 히 벗어나지 않는 한은 고치지 않고 내버려두었다. 결론이 이미 정해졌거나 결말이 뻔한 논의는 의미가 없고 재미도 없다.

이유도 모르고 어른이 일방적으로 밀어붙인 '옳은 가르침' 보다 자신들이 주체적으로 대화하며 얻은 결론이 훨씬 믿음 직하고 마음에 깊이 새겨진다. 그것이 무엇보다 값진 배움이 된다.

이번 사건 같은 일뿐만 아니라 아이들끼리 다투었을 때도 효과적인 방법이다. 부모나 주위 어른이 누가 나쁘고 뭐가 나빴는지 단정 지어 잔소리하기보다는 아이들이 스스로 대화해서 해결하게 해야 더 큰 깨달음을 얻을 수 있고 앞으로의 인생에도 도움이 된다.

다만 이 방법은 인원이 적은 경우에만 효과가 있다. 인원이 늘어나면 아무래도 의견을 내는 사람과 내지 않는 사람이 갈리고 만다. 적극적으로 발언하거나 자신을 드러내기를 어려워하는 아이는 생각보다 많다.

좀 더 정확히 말하자면, 교육 시스템 자체가 자신을 드러내지 않도록 아이들을 줄곧 억압해 왔다. 그것을 미덕이라 여기는 어른은 지금도 적지 않다. 아이들을 이유 없이 옥죄고 생각하는 힘을 빼앗는 '블랙 교칙'*이 가장 대표적인 부

---

* 학생의 인권과 건강을 해칠 우려가 있는 불합리한 교칙.

분일 것이다.

이번 토론은 류노스케와 겐타 덕에 순조롭게 흘러간 듯하다. 겐타는 겁이 없는 성격에 입이 좀 험하기는 하지만, 덕분에 논의가 활발해졌다. 류노스케는 지식이 많고 차분하게 분석도 할 줄 안다. 다시 한 번 참 똑똑한 소년이라고 실감했다.

그래서 그 점이 계속 마음에 걸렸다.

사건을 '등산 계획', '이동 과정 그리고 폐가에서 한 행동', '신지가 떨어진 후의 대처', 크게 세 단계로 나누어 되짚어 보았다.

특히 막판에는 제법 분위기가 달아올랐다. 내용은 곤도 시노부에 대한 불평이자 지적이었다.

신지를 구출하는 방법에 대해서도 깊이 생각하지 않고 하는 말이 대부분이라 류노스케는 필사적으로 바로잡으려 했던 모양이다. 비탈에서 신지를 무사히 구출한 뒤 다리의 상태가 생각보다 심하다는 걸 확인하고 경찰에 구조 요청을 하자고 주장했지만, 역시 곤도에게 퇴짜를 맞았다. 못 미더워도 어른인 그의 말을 거스를 수는 없었다.

산을 내려올 때도 신지를 옮기는 일을 도와주기는 했지만, 대부분은 겐타와 류노스케가 부축했다. 그가 신지를 업은 것은 집이 100미터쯤 남았을 때였다고 한다. 슬프지만 역시 은혜를 베풀어서 사례를 받으려는 속셈이었다고 생각할 수밖에 없었다.

아이들에게 지나친 비난이나 비방이 되지 않도록 타이르고 곤도가 속죄양이 되지 않게 주의하면서도, 반면교사가 되도록 그가 잘못한 행동은 가차 없이 모조리 늘어놓게 했다.

넘치지도 모자라지도 않게 적절히 문제점을 캐냈다 싶을 때쯤 시계를 보았다. 눈 깜짝할 사이에 한 시간 반이 지나 있었다.

"다들 고생했어. 출출하지? 빵을 준비했으니까 괜찮으면 먹고 가."

"아싸!"

환호성을 지른 건 겐타였다.

겐타는 바구니에 든 크림빵을 집어 바로 한 입 먹으면서 "선생님!" 하고 불렀다. 선생님은 아니라고 말했는데, 그 호칭이 무척 마음에 들었나 보다.

"그래서 우리 토론 어땠어요? 정답 같은 건 없어요?"

"없어. 너희들 안에서 나온 답이 정답이니까. ……라고 하면 너무 입에 침 바른 소리이려나? 하지만 실제로 음, 내가 특별히 덧붙일 부분은 없어. 아주 좋은 토론이었어."

"와아, 학교 선생님도 이렇게 친절하면 좋을 텐데."

"친절한 거랑은 조금 다를지 않을까? 방식의 문제지."

"여기 오기 전까지는요, 물론 신지나 류노스케는 혼나는 거 아니라고 하긴 했지만, 그래도 역시 이러쿵저러쿵 성가신 잔소리를 들을 줄 알았어요. 그래도 뭐, 여러모로 잘못한 건 맞는 말이고 도망갈 수도 없으니까요."

폐가에 남겨진 류노스케를 구하기 위해 자신들이 미끼가 되자고 주장한 사람은 신지였지만, 겐타도 곧장 승낙했다고 한다. 착각에서 비롯된 행동이고 문제는 있었지만, 친구를 구하려는 행동 자체는 칭찬받아 마땅하고 겐타에게는 리더십도 있다. 그 점은 훌륭했다.

"오늘 토론에서 나온 개선점은 하나하나 정리하지 않을게. 모두 가슴에 새겼을 거라고 생각하니까. 다만 모험에 나서고 싶다는 마음은 충분히 이해해. 나도 『스탠 바이 미』 같은 걸 꿈꿨거든."

"도라에몽?"

겐타가 고개를 갸웃하자 신지가 "옛날 미국 영화야" 하고 알려 주었다. 할아버지의 영향으로 의외로 옛날 영화를 잘 안다.

"아이들이 시체를 찾으려고 여행에 나서는 내용이야."

"와, 재미있겠다."

"그러니까 말이지." 말머리를 되돌렸다. "토론에서 나왔듯이 미리 산에 갈 계획이라고 부모님에게 공유하는 게 가장 좋겠지만, 그러면 모험 같은 느낌이 안 살잖아. 나도 이해해."

"선생님이 그런 얘기 해도 되는 거예요?"

"선생님 아니라니까. 아무튼 그럴 때는 행선지는 제대로 알리되 이유는 요령껏 꾸민다든지 말이야. 자기가 리스크를 감당할 수 있는 범위 안에서 임기응변으로 대처하자는 이야기지."

젠타는 의아하다는 듯이 눈을 가늘게 떴다.

"네? 그게 뭔 말이에요?"

"일부러 어렵게 말한 거야."

젠타, 하고 부르며 류노스케가 웃음을 지었다.

"나중에 설명해 줄게."

류노스케는 역시 이 상황에서는 애매하게 얼버무려야 한다는 점도 알고 있다.

무난하고 올바른 방법은 역시 시시하고 속박은 엄격하면 엄격할수록 벗어나고 싶어진다. 효과 없는 최선보다 효과 있는 차선을 택했을 때 세상은 더 잘 돌아간다. 그렇다 해도 교사나 어른의 입장에서는 차선이어도 괜찮다고 말하기가 쉽지 않은 법이다.

"저기 말이야." 류노스케에게 말을 걸었다. "이거 끝나고 잠깐 시간 되니? 개인적으로 하고 싶은 이야기가 있어서."

"아, 네. 시간은 괜찮은데요, 혹시 이번 일에 관해서인가요?"

"아니, 그거하고는 전혀 상관없어. 하지만 아주, 아주 중요한 이야기야."

"네에……."

류노스케는 애매하게 고개를 끄덕였다. 전혀 짐작이 가지 않는 것도 당연했다. 이 아이에게는 금시초문인 이야기일 테니까.

검정색을 기본으로 한 직선적이고 모던한 건물에, 널찍한 차고에는 고급 자동차의 대명사 같은 독일 차가 서 있다.

기능과 안전성 그리고 브랜드가 지닌 효과를 합리적으로 판단하는 인물일지, 그저 겉보기나 체면만 따지는 인물일지. 후자가 아니면 좋겠다고 생각하며 인터폰을 누르고 구로하산고라고 이름을 대자 여성이 바로 문을 열어 주었다. 류노스케의 엄마라고 소개한 여성과 인사를 나누었다. 붙임성이 좋아 보이고 분위기가 무척 부드러운 사람이었다.

오늘은 미리 방문하기로 이야기를 해 둔 터라 바로 응접실로 안내받았다.

정사각형 다다미가 깔린 일본식 방이면서도 가구나 구조

는 서양식처럼 느껴지는 공간에서 커피를 대접받았다.

곧 류노스케의 아버지도 방으로 들어왔다. 그는 상황을 봐서 참석할 예정이라고 들었는데, 결국 부모가 모두 모여서 다행이었다.

아버지의 첫인상은 '빈틈없는 사람'이라는 느낌이었다. 척 봐도 두뇌가 명석해 보이는 생김새에, 휴일다운 차림이면서도 그대로 광고에 내보내도 될 정도로 세련된 옷을 입고 있었다.

아들과 사이좋게 지내 주어 고맙다고 서로 인사를 나눈 뒤 그가 먼저 말문을 뗐다.

"아들, 류노스케에 관해 중요한 이야기가 있다고 하셨는데, 어떤 이야기일까요?"

잡담도 거의 없이 곧바로 용건을 물었다. 지금까지의 인상만 보아도 그는 합리주의적인 사람인 듯했다. 그렇다면 서론 없이 오늘 전하고자 하는 결론부터 말하는 편이 좋을 것 같았다.

"사실 류노스케 군은 '난독증'일 가능성이 있습니다. 다른 말로는 읽기 장애, 디스렉시아라고도 불립니다."

류노스케의 아버지는 눈썹을 콱 찡그렸다.

"류노스케에게 장애가 있다는 말씀이십니까?"

그렇습니다, 하며 눈을 똑바로 바라보고 고개를 끄덕였다.

얼버무리거나 부인할 필요는 없었다.

"일상생활에 큰 지장이 있는 것을 '장애'라고 부른다면 말입니다. 단, 지금 시점에서는 어디까지나 의심일 뿐입니다."

아버지의 험악한 얼굴은 그대로였고 어머니는 겁먹은 양 자신의 몸을 껴안듯이 몸을 움츠렸다.

류노스케의 부모님에게 순서대로 설명하기 시작했다.

류노스케가 난독증이 아닐까 의심하게 된 계기는 신지와 아이들이 산에 갔다 돌아온 날 저녁, 그들이 들려준 이야기 때문이었다. 그리고 크루아상 공부방에서 그날 있었던 일을 반성하기 위해 토론을 벌인 뒤 류노스케와 둘이서 대화를 나누었다. 바로 그때 의심은 확신에 가까워졌다.

토론회를 마친 뒤 신지와 겐타는 먼저 돌아가고 가게의 취식 공간에는 류노스케만 남았다.

"미안해, 굳이 남으라고 해서."

옆자리에 앉아 되도록 편안한 분위기로 말을 시작했다.

"잠깐 하고 싶은 이야기가 있어서. 우선은 물어보고 싶은 부분이라고 해야 하나? 아까 산에서 있었던 일하고는 상관없다고 말했는데, 계기는 산 이야기이기도 해."

내가 봐도 이해하기 힘든 서론이라며 쓰게 웃었다.

"토요일에 폐가에 갔을 때 곤도 씨가 가진 사진을 봤다고 했지? 곤도 씨가 30년쯤 전에 새집 앞에서 찍은 사진."

"아, 네. 봤어요."

"찬찬히 살펴볼 여유는 있었니?"

"음, 그랬던 것 같아요."

"사진에 나온 인물을 보고 고토 사부로와는 그리 닮지 않았지만, 인상이 크게 달라졌을 가능성도 배제할 수 없다. 그렇게 고찰할 정도로 자세히 사진을 본 거구나. 시력 문제로 또렷이 보지 못한 것도 아니고 마음의 여유도 있었고."

"네에……"

류노스케는 불안한 듯 낯빛을 흐렸다. 미안한 마음으로 말을 이었다.

"사진에는 아기를 안은 여성과 남편인 듯한 남성이 찍혀 있었지. 일반적으로 생각하면 가족일 테고, 그들의 집 앞에서 찍었을 거라고 추측할 수 있어. 그건 바로 알았니?"

"네. 단독 주택을 새로 짓고 기념으로 찍은 건가, 하고 바로 생각했어요. 그런 때가 아니면 그런 사진은 잘 찍지 않으니까요. 아빠가 집을 지어서 이쪽으로 이사 왔을 때, 저도 부모님과 같이 찍었고요. 뒷면에 적힌 날짜는 30년쯤 전이었고, 고토도 젊었을 때는 착실하게 살았던 모양이고요. 아니, 사실은 고토가 아니었지만, 추리는 틀리지 않았죠."

응응, 하며 고개를 끄덕였다. 류노스케만큼 영리하면 당연히 그렇게 추리할 것이다.

"그렇다면 왜 문패는 알아채지 못했을까?"

류노스케는 무슨 말인지 이해하지 못한 듯 잠시 멍하니 있다가 흠칫 놀란 표정을 지었다. 나는 더욱 깊이 확신하며 말을 이었다.

"이제 실물은 없지만, 곤도 씨의 사진에는 문패 속 글씨까지 또렷이 찍혀 있었어. 그런 기념사진은 대부분 문패도 나오게끔 찍으니까. 거기에는 당연히 '곤도'라고 적혀 있었고. 곤도와 고토, 비슷하다면 비슷하지만 보통은 헷갈리지 않아. 하물며 고토 사부로인지 아닌지 가리기 위해 사진에서 정보를 읽어 내려는 상황이었으니까.

그런데 류노스케는 알지 못했어. 혹은 무의식중에 글자를 읽지 않으려 했어. 참고로 사진 뒷면에는 날짜와 함께 '새집에서'라고 쓰여 있었거든. 하지만 그것도 읽지 않았지? 뒷면에 적힌 날짜를 봤다면 그 글자도 반드시 눈에 들어왔을 텐데 말이야. 그렇다면 추리할 필요도 없이 자기 집 앞에서 찍은 사진이라는 걸 알았겠지. 가장 간단하고 확실한 증거인데, 류노스케는 좀 전에 그 부분을 전혀 언급하지 않았어."

거기서 잠시 말을 끊고 아들 친구의 눈을 곧게 바라보았다.

"정말 중요한 질문을 할게. 류노스케는 글 읽는 데 큰 어려움을 겪고 있지 않니? 전혀 창피한 일도 아니고 감출 일도 아니니까 솔직하게 대답해 줬으면 좋겠어. 아니, 제대로 아는 게 무척 중요해."

류노스케의 표정에서 어떻게 대답해야 할지 모르겠다는 당황스러움이 여실히 드러났다. 아래로 내리깐 시선이 이리저리 천천히 떠돌았다.

서두르지 않고 가만히 기다리자 류노스케는 하나하나 말을 고르듯이 이야기하기 시작했다.

"음, 그게, 그런 면은 확실히 있어요. 저는 머리가 그리 좋지 않으니까, 다른 사람들처럼 술술 읽지 못해서."

"일상생활에서도 글자를 자꾸 피하게 되고."

"네. 글자가 있어도 무의식중에 무시할 때가 있어요. 교과서라든지, 시험이라든지, 꼭 읽어야 할 때는 무진 애를 써서 읽지만요."

"소리 내서 읽는 것도, 속으로 읽는 것도 힘드니?"

"글, 쎄요. 둘 다 비슷하게 어려워요. 글자를 못 읽으니까요."

"숫자는 비교적 읽기 쉽고?"

"네. 모양이 단순해서요."

"그렇다면 히라가나보다 한자*가 더 어려울까?"

---

* 일본어 문자에는 히라가나, 가타카나, 한자가 있다.

"아, 네, 맞아요. 히라가나는 술술은 아니어도 읽을 수 있어요. 가타카나도요. 그런데 한자가 좀, 이 아니라 아주 어려워요. 아무리 애써도 구별이 가지 않는 한자도 많아요."

"글씨를 쓰는 것도 어렵니?"

"아주 어려워요. 그래서 자주 혼나요."

"선생님한테?"

"선생님한테도, 엄마한테도요."

"눈이 나빠서 세세한 부분이 잘 안 보이는 게 아니라, 이해하는 데 시간이 걸리는 거지? 다른 사람보다."

"아마 그런 것 같아요. 잘은 모르겠지만요."

"시력에 이상이 있다는 말은 들어 본 적 없니?"

"없어요. 눈은 특별히 좋지는 않지만, 나쁘지도 않아요. 걸어 다니는 데도 아무 문제 없고 사람 얼굴도 잘 기억하고요. 같이 드라마를 봐도 엄마는 금방 누가 누군지 헷갈려서 저한테 자주 물어보거든요."

"그렇구나. 다른 사람이 하는 말은 쉽게 이해하지? 선생님이 하는 말이라든지 드라마의 대사라든지."

"네, 그건 아무렇지 않아요. 문제없어요."

"그런데도 글자를 읽는 것만 유독 힘들다는 말이지."

"글쎄요. 저는 머리가 그리 좋지 않으니까요."

류노스케는 조금 전에 한 말을 똑같이 반복했다. 분명 마음속으로 몇 번이고 되풀이했을 것이다. 어찌 되었든 지금까지의 대화로 나의 생각은 단단히 굳어졌다.

류노스케는 난독증일지도 모른다.

난독증, 읽기 장애란 선천적으로 글을 읽는 데 어려움을 느끼는 뇌 기능의 장애다.

두뇌 회전이 빠르고 다양한 수수께끼도 풀어온 류노스케가 왜 '곤도'라고 적힌 사진 속 문패를 놓쳤을까. 그것이 의문의 계기였다. 폐가의 주민이 고토가 아니라는 이토록 명백한 증거를 어째서 놓쳤을까.

그때 류노스케는 사진 속 인물이 고토인지 아닌지 필사적으로 추리하고 있었다. 어쩌다 깜빡했다고 설명하기에는 너무나 부자연스러웠다.

류노스케는 글을 읽는 데 큰 어려움을 느끼는 게 아닐까, 난독증이 아닐까, 생각하니 여러 부분에서 납득이 갔다.

우선 대화를 나눠 본 바로는 똑똑한 소년이건만, 어째서 학교 성적은 좋지 않은가.

물론 '머리가 좋고 나쁨'은 막연한 부분이며 학교 성적은 하나의 척도일 뿐이다. 적어도 지성과 직결되지는 않는다. 그래도 역시 고개를 갸웃하게 되는 지점이기는 했다.

하지만 난독증이라고 생각하면 곧바로 이해되었다. 난독증이라면 시험을 볼 때 지문을 읽고 이해하는 데만 많은 시간이 걸리고 글씨를 쓸 때도 엄청난 어려움이 따를 것이다. 원치 않게 어마어마한 핸디캡을 지고 경기를 하는 것이나 마찬가지다. 애초에 교과서를 읽는 것도 어렵고 예습, 복습도 보통 사람보다 몇 배는 더 힘들 터였다.

처음 류노스케가 우리 집에 왔을 때, 아이는 미스터리를 더없이 사랑하면서도 추리 소설은커녕 만화도 읽지 않고 영상으로 된 작품만 본다고 말했다.

지금 같은 시대에는 그런 미스터리 애호가도 있을 수 있겠다고 납득했지만, 글 읽기를 피한다면 당연한 일이었다.

그리고 그때 류노스케는 내 옷에 달린 명찰을 의아하다는 듯이 바라보고서 신지에게 '성이 구로하라는 사실'을 확인했다. 이것도 좀 이상하다면 이상한 행동이었다. '산고'는 분명 특이한 이름이기는 하지만, 초등학교 4학년쯤 되는 국어 실력이라면 '산고'를 보고 '구로하'라고 읽는지 어떤지 고민하지는 않을 터였다. 성이 아니라 이름이라는 점도 바로 추측할 수 있다.

그만큼 글을 읽는 스스로의 능력에 자신이 없었던 것이다.

난독증이 있는 아이는 교사 시절에도 몇 명 본 적이 있다. 그래서 문패를 놓쳤다는 사실에 의아함을 느꼈을 때 류노스케에게도 그 가능성이 있겠다고 생각했다.

본인이 인식하지 못했다는 것은 가족도, 학교 선생님도, 아직 누구도 알아차리지 못했다는 뜻이었다. 난독증과 관련해서는 드문 일이 아니었다.

실제로 난독증 환자 중에는 자기 머리가 나쁜 탓에 글을 잘 읽지 못하는 거라고 믿는 사람이 많아서 발견이 늦어지곤 한다. 정도에 따라서는 아예 깨닫지 못한 채 살아가는 사람도 있다.

사람은 자신이 인식하는 세계를 기준으로 사고한다. 주변 사람들이 자신과 전혀 다른 세계에서 살고 있으리라고는 어른이 되어도 쉽게 상상하지 못한다.

안심할 수 있도록 류노스케를 보고 미소 지었다.

"머리가 나쁘다는 말은 되도록 입에 담지 않는 게 좋겠다. 자기 자신을 옭아매는 저주가 되기도 하니까. 게다가 류노스케는 절대 머리가 나쁘지 않거든. 그래서 말이야, 부모님과 한번 이야기를 나눴으면 좋겠어."

의사의 진단을 받기 전까지는 어디까지나 의심에 불과하고 단언하기도 어렵다. 그리고 의사에게 진단을 받으려면 우선 류노스케의 부모님과 상의해야 했다.

"저기……." 류노스케가 불안한 듯이 물었다. "저는, 병에 걸린 걸까요?"

역시 보통은 그렇게 생각하기 마련이겠지.

"아니, 병은 아니야……."

그렇게 난처한 듯 대답하는 수밖에 없었다. 병이 아니기에 오히려 어려운 면이 있었다. 나는 얼버무리듯 질문했다.

"그런데 오늘 이야기한 폐허 탐색에 대해서는 부모님께 말씀드렸니?"

"아, 아뇨⋯⋯." 류노스케는 당황하며 시선을 피했다. "자세히 말씀드리지는 않았어요. 역시 여러모로 야단을 맞을 것 같아서요."

"음, 그렇겠지. 미안하지만, 그 일에 대해 내가 부모님께 말씀드려도 될까?"

나는 류노스케의 담임 선생님도 무엇도 아니며, 아이의 부모님에게는 '아들 친구의 부모'에 지나지 않는다. 내 말이 믿음을 얻지 못해 아이가 헛되이 방치되는 사태는 피하고 싶었다. 그러려면 난독증을 의심한 계기에 관해 모든 사실을 상세하게 털어놓아야 했다.

설령 하나의 수단이라 해도 거짓말은 하고 싶지 않았다. 이치조 마유리의 어머니를 설득할 때 그것 때문에 이야기가 얼기설기 엉켜 버렸으니까. 그 전철을 또 밟을 수는 없었다.

"그건 상관없는데요⋯⋯." 역시 류노스케는 신중했다. "아무래도 신경이 쓰여요. 구로하 아저씨가 저희 부모님과 어떤 이야기를 할지. 병이 아니라면 뭔가요?"

역시 못 속이겠구나, 하고 탄식했다.

게다가 류노스케는 당사자다. 어린애는 아직 몰라도 된다며 얕잡아 보는 것도 도리가 아닐 듯했다.

의사의 진단을 받을 때까지는 어디까지나 가능성에 지나지 않는다고 거듭 강조하면서 난독증에 대해 설명했다. 오늘을 위해 다시 공부도 해 두었다.

물론 충격을 받긴 했지만, 류노스케는 생각보다 침착하게 상황을 받아들였다. 오히려 지금껏 살아오며 느꼈던 괴로움의 정체를 알게 되었다는 사실, 거기에 '이름'이 있었다는 사실에 안도한 것처럼 보이기도 했다.

류노스케의 부모님에게 이를 설명하려면 일주일 전에 아이들이 산에 간 자초지종부터 시작해야 했기에 긴 이야기가 되었다.

다만 류노스케는 산에서 있었던 일을 이미 직접 설명했던 모양이다. 그래서 류노스케의 부모님은 오늘 내가 '신지가 다친 일'에 관해 이야기하기 위해 방문했다고 자칫 오해했을지도 모른다. 미리 '류노스케 군에 관한 이야기'라고 말해 두었고, 흐름상 그렇게 생각하는 게 자연스러웠다.

어찌 되었든 그들은 신지가 다친 일에 대해 사죄했지만, 오늘은 그 이야기는 없던 것으로 하자고 대답했다. 자초지종을 설명하기 위해 부득이하게 언급했을 뿐이지, 본론은 그게 아니니 말이다.

말하는 동안 부모가 이따금 확인이나 질문을 하기도 했지만, 거의 나 혼자 말을 잇느라 커피에 이어 차도 두 잔 더 얻어 마셨다.

처음에는 두 사람 모두 경계심이 엿보였지만, 이야기가 진행될수록 진지하게 귀를 기울여 주었다. 좀 부끄럽기는 하지만 3월까지 초등학교 교사였다고 알리고 그때의 경험도 곁들여 가며 이야기했기에 좀 더 쉽게 믿어 주었을지도 모른다.

그리고 이번 주 수요일, 아이들끼리 반성을 위해 토론회를 가진 뒤 류노스케와 둘이서 나눈 대화에 대해 전했다.

마침내 난독증이 무엇인지 설명할 차례였다.

"좀 전에 말씀드렸듯이 다른 말로는 읽기 장애나 디스렉시아라고 불립니다. 선천적으로 글을 읽는 데 큰 어려움을 느끼는 사람을 가리킵니다.

의외로 잊기 쉬운 사실이지만, '글자를 읽는' 것은 인간이 태어날 때부터 갖춘 능력은 아닙니다. 어린 시절부터 수많은 훈련을 통해 획득하는 후천적인 능력이죠. 그리고 글자를 읽으려면 뇌 속에서 생각보다 훨씬 복잡한 처리 과정을 거쳐야 합니다. 글자의 형태를 하나하나 정확하게 확인하고, 지식과 경험에서 인식한 소리와 그 연속된 소리를 한 덩어리로 이해해서 의미를 읽어 내야 하죠. 그렇게 해야 비로소 '글자를 읽을' 수 있습니다."

문자란 인류가 발명한 것이며, 결코 보편적이지 않다. 세계에는 6,000가지 또는 7,000가지 이상의 언어가 존재한다고 하는데, 그중 문자가 있는 언어는 400가지 정도라고 한다.

선천적인 능력이 아니므로 뇌에는 애초에 글자를 읽는 영역이 없다. 인간은 다양한 뇌 기능을 학습과 훈련으로 한데 합친 뒤 억지로 작동시킴으로써 문자를 읽고 있다. 생물로서는 몹시 비뚤어진 행동이라고 할 수도 있다.

그 말씀은, 하고 류노스케의 아버지가 입을 열었다. 감정을 거의 드러내지 않은 채 어딘지 모르게 냉혹해 보이는 눈으로 가만히 이야기를 듣고 있었다.

"류노스케는 그 '문자를 읽는' 능력 어딘가에 혹은 여러 부분에 장애가 있다는 말씀이신가요?"

"그렇습니다." 머리 회전이 어찌나 빠른지 혀를 내둘렀다. "난독증이라고 한마디로 말해도 원인이나 증상은 천차만별입니다. 거기까지는 저도 자세히 알지 못하고, 애초에 류노스케 군이 정말 난독증인지 아닌지는 의사의 진단을 받아 봐야 합니다. 지금 시점에서는 어디까지나 가정이니까요."

다만 의사라고 해서 어디까지 알 수 있을지는 모른다. 난독증이라는 증상을 인식하고 본격적으로 조사와 연구를 진행한 지는 비교적 선진적인 영어권 국가에서조차 그리 오래

되지 않았다.

"하지만 듣기로는 원인이 뭐든 간에 류노스케가 글을 읽는 데 어려움을 겪고 있는 건 틀림없어 보이는군요. 어쨌든 본인이 그렇다고 하니 말입니다."

"맞습니다. 그 부분은 의심할 필요가 없을 듯합니다."

"단언하기 힘든 입장이시라는 건 알지만, 구로하 씨는 전직 교사로서 지금껏 난독증이 있는 아이들을 여럿 보셨지요. 그런 경험을 바탕으로 이렇게 일부러 찾아와 이야기를 들려주셨고요. 그렇다면 저희도 마땅히 받아들여야겠지요. 그런데……."

그는 옆에 앉은 아내에게 날카로운 시선을 던졌다.

"낌새가 있었나? 아니면 지금까지 전혀 몰랐던 건가?"

류노스케의 어머니는 당황한 표정을 지었다. 그 모습을 보니 답은 명백히 후자였다. 두둔하듯이 내가 말을 덧붙였다.

"난독증은 본인도 그렇지만, 주변 사람도 알아차리기가 굉장히 어렵습니다. 글자를 읽지 못하는 건 본인의 지능 문제로 치부되기 쉬우니까요. 성적이 떨어지더라도 마찬가지입니다. 담임 선생님도 부모님도 설마 원인이 글 읽기가 어려워서라고는 생각하지 않을 테고요."

"그보다." 그는 다시 아내를 쳐다보았다. "류노스케는 성적이 그렇게 엉망이었나?"

그녀는 겸연쩍은 표정으로 고개를 끄덕였다.

"작년 여름 무렵부터요."

류노스케의 아버지는 뭔가 말하려는 듯 입술을 움직였지만, 단념한 듯 코로 긴 숨을 내쉬었다. 왜 말하지 않았느냐며 나무라려다가 아들의 교육을 아내에게 몽땅 떠넘겼던 자신을 되돌아 보았을지도 모른다.

보충하듯이 말을 더했다.

"난독증의 증상은 천차만별이지만, 역시 한자를 어려워하는 사람이 많은 편이고 류노스케 군도 그런 듯합니다. 일전에 류노스케 군과 대화했을 때 들었는데, 3학년 무렵부터 특히 한자를 읽기가 점점 어려워졌던 모양이에요. 획수가 적고 모양도 단순한 한자 위주이던 저학년 때는 어떻게든 대처할 수 있지만, 학년이 올라가면 복잡한 한자가 늘어나니까요.

그러면서 교과서나 시험에 나오는 지문을 읽기가 힘들어졌나 봅니다. 그러면 수업을 따라가기가 어려워지죠. 시험을 볼 때도 지문을 읽고 이해하는 데만 시간을 다 써 버리고요. 성적이 떨어지는 것도 당연하죠. 하지만 본인 입장에서는 원래부터 글을 읽는 데 서툴렀으니 수업이 어려워져서 따라가지 못하게 된 거라고 생각했나 봅니다. 자기 머리가 나빠서 그런 거라고요."

이야기를 들으며 스스로를 납득시키려는 듯이 계속 고개

를 끄덕이던 어머니가 마침내 결심한 듯 "그러면……" 하고 질문을 꺼냈다.

"류노스케의, 그, 상황은 좋아질까요?"

어떻게 말해야 할지 고민하다 고르고 골라 꺼낸 말임을 알 수 있었다.

하기 어려운 말이었지만, 말을 흐려보았자 소용없었다.

"안타깝지만……." 천천히 고개를 저었다. "병이 아니라 뇌 기능의 문제이니 근본적인 치료법은 존재하지 않습니다. 애초에 '문제'나 '치료'라는 말이 옳은지조차 알 수 없어요. 현대 사회에서 뇌의 기질이 어쩌다 보니 안 좋은 방향으로 드러난 것뿐이라고 생각할 수도 있으니까요."

전 세계의 사람들이 글을 읽게 된 것은 인류의 긴 역사에 비하면 바로 얼마 전이나 다름없다. 일본에서도 근대화 전에는 서민들 대부분이 글을 읽을 필요가 없었다. 그런 세상에서 태어났다면 난독증은 문제가 되지 않고 알아차리지도 못했을 것이다.

"사람마다 뇌의 기질은 제각각 다릅니다. 운동 신경이 뛰어난 사람, 수학을 잘하는 사람, 기억력이 좋은 사람. 또는 방향치인 사람, 다른 사람의 얼굴을 잘 기억하지 못하는 사람, 잠을 잘 못 자는 사람. 누구나 좋은 면과 안 좋은 면이 있고 자기가 가지고 태어난 뇌의 기질과 적당히 타협하며 살아가야만 하죠. 난독증도 마찬가지입니다. 훈련을 통해 어느 정도 개선은 할 수 있지만, 평생 안고 갈 수밖에 없어요."

사람은 모두 뇌에, 몸에, 어떠한 결함을 가지고 태어난다. 장점을 뒤집으면 단점이고 단점을 뒤집으면 장점이며 완벽이란 존재하지 않는다. 누구나 '자신'이라는 우리 안에서 살아갈 수밖에 없다. 그건 난독증이 있는 사람도, 그렇지 않은 사람도, 완전히 똑같다.

하지만 당사자의 입장에서는 그리 쉽게 받아들일 수 없다는 점도 이해한다. 적어도 그대로 인정하고 긍정적으로 바라보려면 시간이 필요했다.

실제로 어머니의 얼굴은 순식간에 어두워졌다.

당신의 아들은 앞으로 계속 글을 읽지 못하리라고 선고를 받은 것이다. 현대 사회에서 그것은 얼마나 가혹한 일일까.

어떤 마음인지 안다고 말하는 건 안이한 행동이지만, 똑같이 자식을 둔 부모로서 그녀의 마음에는 분명 공감이 갔다. 마음이 절로 어둡게 가라앉았다.

하지만 나는 단연코 류노스케가 불행하다고 생각하지 않는다. 안됐다고 불쌍히 여기는 것이 옳다고도 생각지 않는다. 어디까지 닿을지는 모르지만, 진심을 다해 말했다.

"정도에 따라 다르긴 하지만, 난독증은 물론 가벼운 장애는 아닙니다. 학교에 다닐 때도, 사회인이 되어서도, 학업이나 일이나 일상생활의 온갖 상황에서 어려움에 부딪히겠죠.

하지만 부디 부정적으로 받아들이지는 않으셨으면 좋겠습니다. 꾸준히 노력하면 다른 사람처럼 읽지는 못해도 훨씬 나아질 겁니다. 방법을 궁리하면 많은 핸디캡을 극복할 수 있고 입학시험을 치를 때 지원하는 제도도 있고요. 앞으로 부모님과 학교가 어떻게 류노스케 군을 도와줄 수 있느냐가 중요합니다."

주로 어머니를 보고 이야기했지만, 역시 그녀는 마음이 다른 데 가 있는 듯 힘없이 고개만 끄덕였다.

류노스케의 아버지는 마음을 진정시키듯 천천히 차를 마시고서 "알겠습니다" 하고 대답했다.

"우선은 류노스케를 의사에게 보여야겠군요. 아들이 정말 난독증인지 아닌지, 만약 그렇다면 어떤 상태인지, 제대로 알 필요가 있겠지요."

"네, 아무쪼록 잘 부탁드립니다."

머리를 숙이며 마음속으로 안도의 한숨을 쉬었다.

길지 않지만 짧지도 않은 교사 인생에서 정도는 저마다 다르지만 난독증이 있는 아이들을 몇몇 만나 왔다.

그들에게 필요한 건 주위의 올바른 이해다. 그것이 첫걸음이자 가장 중요한 한 걸음이다. 그러나 당황스러울 정도로 이해하기를 거부하는 부모도 존재한다. 비단 난독증뿐만 아니라 부모의 협력을 얻지 못할 때 교사가 할 수 있는 일이란 한정되어 있다. 일개 빵집 직원이라면 더욱 그렇다.

아이는 결코 연약하지 않다. 어떤 부모 밑에서든 꿋꿋이 자라며 미래는 그리 쉬이 사라지지 않는다.

그럼에도 부모의 권한은 너무나 강력해서 돌이킬 수 없는 사태로 발전하기도 하며 피할 수 있었던 고난을 아이가 짊어지게 되기도 한다. 그것 또한 현실이었다.

고개를 들어 주십시오, 하며 아버지가 작게 웃었다.

"머리를 숙여야 할 사람은 이쪽입니다. 지금 단계에서 발견한 건 무척 다행인 일 아닙니까. 저는 그렇게 생각합니다. 아닌가요?"

감탄하며 "아버님 말씀이 맞습니다"라고 답할 수밖에 없었다. 이제 막 이야기를 들은 차에 거기까지 생각이 미치는 사람은 아주 드물건만 정말 다행스러웠다.

"방금 전에도 말씀드렸듯이 난독증은 발견하기가 몹시 어렵습니다. 그리고 알아차리는 시기가 늦어지면 늦어질수록 학습 부진이 심화되고 훈련을 시작하는 시기도 늦어지죠. 아이가 떠맡아야 할 고생이 늘어나는 셈입니다. 무엇보다 본인이 '왜 나는 공부를 못할까' 고민하고, 부모는 '왜 넌 공부를 못하느냐'며 꾸짖어서 잘못된 방식으로 아이를 몰아붙이게 됩니다. 안타깝지만, 그런 슬픈 현실도 전혀 없지는 않으니까요."

아버지는 고개를 크게 끄덕였다.

"만약 구로하 씨가 발견해 주지 않으셨다면 얼마나 늦게 알았을지. 정말 감사합니다."

그가 머리를 숙이고 어머니도 서둘러 따랐다.

그러지 마시라며 손사래를 쳤다. 긍정적으로 바라보기 시작해 주었다는 점, 그것이 무엇보다 기뻤다.

그 후에는 좀 더 거리낌 없이 터놓고 대화할 수 있었다. 의사의 진단을 기다릴 필요는 있지만, 류노스케가 글을 읽는 데 어려움을 겪는 것은 사실이니 과거에 경험한 사례에 대해서도 알려 주었다. 그러나 무엇보다 중요한 부분은 핸디캡을 극복하기 위한 아이디어를 부모와 아이가 힘을 합쳐 함께 찾아가는 것이다.

잡담을 섞어 가며 류노스케의 부모님과 깊이 대화를 나누었지만, 아직 마음의 정리가 되지 않은 듯 어머니의 표정에는 마지막까지 불편함이 남아 있었다. 시간이 해결해 주기를 기다리는 수밖에 없을 듯했다.

어느덧 두 시간도 넘게 흘러 집으로 돌아가기 위해 현관으로 향했다. 신발을 신고 뒤돌아보니 류노스케의 부모님이 깊이깊이 고개를 숙였다.

"오늘은 정말 감사했습니다."

"아닙니다. 류노스케는 저희 아들의 친구이니 제가 할 수 있는 일이 있다면 얼마든지 말씀해 주세요. 그리고 마지막으로 한 가지만 더 말씀드려도 될까요……."

오늘 가장 전하고 싶었던 말을 입에 담았다.

"사람은 누구나 부족한 면을 가지고 태어납니다. 류노스케가 처한 상황은 결코 좋다고는 할 수 없겠죠. 하지만 한편으로는 정말 좋은 부분도 가지고 있습니다. 매우 총명한 아이여서 예전에 아들 신지를 위기에서 구해 주었어요. 다른 사람을 위해 행동하는 상냥한 마음도 가지고 있고요. 그 밖에도 류노스케는 좋은 점이 아주 많을 겁니다.

그러니 부디 부정적으로 받아들이지 마시고 류노스케의 자존감을 키워 주세요. 그 환경이 아이에게 가장 큰 선물이 될 테고, 그렇게 할 수 있는 건 오직 두 분뿐이니까요."

어머니의 두 눈에서 굵은 눈물방울이 넘쳐흘렀다. 코와 입을 손으로 가리고 오열을 터뜨리며 몇 번이고 "네, 네" 하고 말했다.

아버지는 아내의 어깨를 안고 "약속하겠습니다" 하며 굳게 고개를 끄덕였다.

"아들을 위해 뭘 할 수 있을지, 뭘 해야 할지, 열심히 생각하겠습니다."

그 말에 웃는 얼굴로 답하면서 이런 부모님 밑에서라면 류노스케도 분명 괜찮을 거라고 확신했다.

이다 가족의 집에서 돌아가는 길, 나의 발걸음은 무척 가벼웠다.

"그럼 오늘의 크루아상 공부방을 시작합니다. 잘 부탁드립니다."

시작 인사도 이제 완전히 익숙해졌다. 곧이어 학생들이 "잘 부탁드립니다"라고 인사하는 것도 평소와 다름없었다.

하지만 오늘은 조금 망설이듯 약간 더디게 "잘 부탁드립니다" 하는 목소리가 섞여 들었다. 목소리의 주인공을 보며 미소 지었다.

"그렇게 긴장하지 않아도 돼. 편하게, 독서실 비슷한 거라고 생각하면 되니까."

네, 하고 조금 긴장한 듯한 목소리가 돌아왔다.

마유리와 신지에 더불어 오늘부터 류노스케가 공부방에 합류하게 되었다. 서로에 대해서는 잘 알고 있으니 금방 익숙해지겠지.

진단 결과, 류노스케는 역시 난독증인 것으로 밝혀졌다.

정도는 중간쯤 될까. 히라가나와 가타가나는 그럭저럭 읽지만 다른 사람에 비하면 유창하지 않았고, 한자는 읽고 쓰는 데 큰 지장이 있었다. 글자를 소리로 인식하는 디코딩에 어려움을 겪는 것도 난독증의 특징적인 증상이었다.

크루아상 공부방에 대해서는 이다 가족의 상황이 안정된 이후에 물어볼 생각이었는데, 얼마 전 연락이 와서 부모님과 대화를 나누게 되었다.

신지에게 공부방 이야기를 들은 류노스케가 부모님에게 먼저 상의했던 모양이다.

그때는 부부가 우리 집을 찾아왔다. 공부방의 방침—이라 할 만큼 거창한 건 아니지만—은 학교 수업처럼 획일적으로 뭔가를 가르치는 게 아니라 아이들의 학습에 각각 도움을 주는, 딱딱하지 않은 학원 같은 형식이라고 알려 주었다.

류노스케의 상황에 딱 알맞은 곳임이 확실했기에 부모님 모두 부디 아이를 맡아 달라고 부탁했다.

그때 다시 한 번 류노스케와 이야기를 나누었는데, 생각보다 자신이 처한 상황을 차분하게 받아들이고 있어 마음이 놓였다. 다소 낙심하기는 했지만 상황을 바꿀 수 없는 데다 오히려 원인 모를 답답함의 정체가 밝혀져 안도하는 마음이 더 커 보였다. 드라마나 영화나 유튜브에서 얻은 지식과 말은 술술 이해되는데, 학교 공부는 왜 이리 힘든지 줄곧 불안과 의문을 느꼈던 모양이다.

그리하여 12월의 첫 번째 수요일인 오늘부터 류노스케가 공부방에 참여하게 되었다. 전반적으로 뒤처진 학습을 되돌리기 위해서였다.

다만 이 일을 상의할 때 류노스케의 아버지와 작은 논쟁이 있었다.

그가 '무료'라는 점에 난색을 표했기 때문이다.

"돈을 지불하는 것은 신뢰이자 요구이며 돈을 받는 것은 책임입니다. 금전을 통해 서로에 대한 존중이 생겨나지요. 저는 무료는 좋아하지 않고 신뢰하지도 않습니다."

그 말은 지극히 정당한 생각이었다. 류노스케의 아버지는 이렇게 주장했다.

"다른 아이는 어찌되었든 류노스케에 관해서는 제대로 수업료를 지불하게 해 주시지요."

기술이나 시간처럼 제대로 대가를 받아야 할 무언가를 무료로 제공하는 것은 좋지 않은 면도 많다. 잘못된 인식을 퍼뜨리면 틀림없이 악영향을 미칠 수도 있기 때문이다.

옳은 의견인 만큼 그때는 나도 크게 고민했지만, 역시 돈을 받으면 일이 되어 버린다. 일로, 부업으로 공부방을 운영하는 데는 아무리 해도 거부감이 들었다.

신지는 그렇다 쳐도 무료로 참가하는 마유리와 수업료를

내는 류노스케가 섞여 있는 것도 문제가 있어 보였다. 자칫하면 아이들 사이에도 복잡한 감정이 생길지도 몰랐다.

어디까지나 전직 초등학교 교사인 빵집 아저씨가 아들에게 공부를 가르치는 겸 다른 아이들의 공부도 봐 드립니다, 라는 형태로 운영하고 싶었다. 결국 내 고집이지만 마음을 성심껏 전한 끝에 마침내 류노스케의 아버지도 이해해 주었다고 할지, 뜻을 굽혀 주었다.

오늘을 맞이하기에 앞서 류노스케의 상황을 신지와 마유리에게 자세히 설명했다.

다만 신지와는 그 전부터 집에서 여러 번 대화를 나눴고 담임 선생님이 같은 반 친구들에게도 이야기를 한 듯했다. 난독증은 주위의 이해와 협력이 필수이기 때문이다. 마유리는 다른 반이어서 내가 설명해 주었을 때 처음 들은 듯했다.

난독증이 무엇인지 올바른 지식을 갖는 것이 가장 중요하지만, 특별히 의식할 필요는 없고 만약 류노스케가 도움을 청하면 도와 달라고 말해 두었다.

신지와 마유리에게는 과제나 숙제를 하게 하고 오늘은 특히 류노스케를 중심으로 진행하기로 했다.

"신지랑 마유리는 모르는 부분이나 궁금한 부분이 있으면 평소처럼 질문하고." 공부방에서는 신지뿐만 아니라 다른 아이들도 모두 이름으로 부르기로 했다. "자, 류노스케는 먼저 이과 과목부터지. 교과서는 가져왔니?"

류노스케는 네, 하며 가방에서 작년 교과서와 올해 교과서를 꺼냈다.

"작년부터 이해가 안 되는 부분이 꽤 많아서요."

류노스케와는 어중간하게 이해하고 넘어갔던 부분으로 돌아가서 다시 공부하기로 했다.

이 공부방에서는 읽기와 쓰기 학습, 이를테면 한자를 읽거나 쓸 수 있도록 만들기 위한 공부는 하지 않을 생각이었다. 그런 부분은 학교의 특별 지원 교육이나 외부 지도 기관에서 전문가에게 맡기는 것이 좋다.

여기서는 제대로 공부하지 못한 부분부터 다시 배울 예정이다. 기본적으로는 류노스케가 이해할 수 있도록 구두로 설명하고, 아이가 궁금해하면 뭐라고 쓰여 있는지도 알려 준다. 글을 읽게 하는 데 얽매이지 않을 생각이었다.

물론 난독증이 있는 류노스케에게 맞는 지도법과 교재가 존재할 터였다. 그것들은 하면서 조금씩 개선해 나가면 된다.

처음에는 긴장한 듯 보이던 류노스케도 나를 비롯해 모두가 잘 아는 사람인 데다 장소도 익숙해서 그런지 금세 꾸밈없는 표정을 보이게 되었다.

류노스케에게 곤충의 신체 구조를 설명하는데, 신지가 "아빠, 아직 안 끝났어?" 하고 물었다. 놀라서 시계를 보니 한 시간이 훌쩍 지난 뒤였다. 오늘은 특히 더 눈 깜짝할 사이였다.

"으음, 끊기는 애매하지만⋯⋯." 첫날부터 과하게 하는 것도 좋지 않겠지. "오케이. 오늘은 이만 마무리할까?"

가게 선반에 놓아둔 바구니를 가져왔다.

"오늘은 오랜만에 시험 삼아 새로운 빵을 구워 봤어. 먹어 보고 의견 좀 들려줄래?"

바구니 안의 빵을 아이들에게 보여 주니 와아, 하고 작은 환호가 터져 나왔다.

"봄 신제품으로 어떨까 싶어서 벚꽃 빵을 만들었어. 이름은 물론 대충 지었지만."

하얀색 빵에 벚꽃이 연상되도록 다섯 방향으로 칼집을 넣었다. 중심에는 백앙금에 소금에 절인 벚꽃을 넣은 '벚꽃앙금'이 있어서 그야말로 봄에 어울리는 빵이었다.

아이들이 하나씩 집은 뒤 나도 하나 집어서 입에 물었다.

부드럽고 담백한 빵 반죽 너머에서 벚꽃앙금이 얼굴을 내밀며 입안에 고급스러운 단맛이 퍼져 나갔다. 흰색과 연분홍색의 조화가 선명하고 산뜻해서 보기에도 아름다웠다. 내 입으로 말하기는 뭐하지만, 봄의 숨결이 느껴지는 멋진 빵이었다.

가장 먼저 입을 연 사람은 신지였다.

"맛있어. 맛있는데, 뭔가 임팩트가 약하네."

별안간 지적을 받았다.

"그거다." 류노스케가 집게손가락을 세웠다. "백앙금빵이랑 비슷해."

"맞아, 맞아! 맛은 백앙금빵이지."

"백앙금빵이랑 다르거든……." 나도 모르게 한심한 목소리가 흘러나왔다. "뭐, 벚꽃앙금은 바탕이 백앙금이긴 하니까."

그리고 마유리가 연타를 날렸다.

"모양이 예쁘니까 먹었을 때 괜히 더 실망하게 되는 것 같긴 해요. 평범하게 맛있지만, 너무 평범하다고 해야 하나, 뭔가 좀 부족한 느낌?"

으음, 하고 신음하며 한 입 더 베어 물었다. 다시 냉정하게 맛을 보니 확실히 뭔가 좀 부족하게 느껴졌다. 반죽의 존재감도 너무 약했다.

좀 더 정확히 말하자면 주제에 너무 얽매이느라 빵을 먹은 순간의 기쁨, 놀람, 감동을 제대로 고려하지 않았다는 사실을 깨달았다. 이래서야 단순한 자기만족일 뿐이다. 상품으로는 내놓을 수 없다.

나도 아직 공부가 많이 필요하고 아이들에게 배울 수 있는 부분이 많다고 새삼 생각했다.

"저기……." 빵을 모두 먹은 류노스케가 내게 말했다. "맛있었어요. 빵도 그렇지만, 오늘은 정말 감사했습니다. 앞으로도 잘 부탁드려요."

신선한 말에 왠지 쑥스러워졌다.

"그렇게 마음 쓰지 않아도 돼. 아, 오늘 수업은 어땠어? 이해가 잘 됐을까?"

류노스케는 아주 진지한 표정으로 고개를 꾸벅 숙였다.

"무척 도움이 됐어요. 질문하면 바로 알려 주셔서 이해가 잘 됐어요."

"다행이다."

선생님 한 명이 학생 여럿을 가르치는 학교 수업에서는 절대 불가능한 일이었다. 그렇다고 학교에, 교사에게 모든 걸 바랄 수는 없는 노릇이다.

"조급해하지 말고 차근차근 해 나가자."

류노스케는 네, 하며 고개를 끄덕였다.

나 또한 어깨에 힘주지 말고 편안한 마음으로 해 나가자고 다시 한번 다짐했다.

전보다 많이 개선되기는 했지만, 난독증에 대한 사회적 인식은 여전히 턱없이 부족하다. '그런 사람도 있다'는 사실을 한 사람이라도 더 알게 된다면, 그들도 훨씬 살기 편해지지 않을까. 그건 장애라고 부를 수 없는 또 다른 핸디캡을 가진 사람들 또한 마찬가지일 것이다.

이 세상에 있는 모든 '어려운 이들의 사정'을 모조리 파악하기란 어렵다.

그래도 상상할 수는 있다. 상상하기 위해 필요한 것은 경험과 지식의 축적이다. 그것 또한 배움이 아닐까.

무릇 '배움'이란 기쁨이다. 새로운 지식을 얻는 것은 새로운 세계를 아는 것이며 날개를 다는 것이다.

"좋은 아이디어가 생각났어!" 신지가 외쳤다. "벚꽃 잎 모양 빵은 어떨까? 색깔도 분홍색으로 하고."

"으윽." 마유리가 얼굴을 찌푸렸다. "너무 유치해."

"원래 어린이인데 뭐 어때."

"절대 안 팔릴걸."

그러면, 하고 류노스케가 말을 더했다.

"이런 빵은 어때? 벚꽃앙금을 넣는데……."

신제품에 대해 토론하기 시작한 아이들을 보며 생각했다.

좋은 공간이 된 것 같다고.

가끔은 자화자찬을 좀 해도 괜찮지 않을까?

내가 교직을 그만둔 계기는 결코 마쓰무라 유리의 사건 때문이 아니었다. 그 전부터 지금의 학교 교육에, 교사가 처한 상황에 의문을 느끼고 있었다. 정해진 커리큘럼에 따라 아이들에게 지식을 주입하기 바빠 언제나 시간에 쫓기고 아이들과 제대로 마주할 여유조차 없었다. 해냈다는 만족감은 조금도 없었다.

후회, 갈등, 미련, 솔직히 말해 산더미처럼 많다.

교육이란 무엇인가…….

교사 시절에 찾지 못했던 답을 지금도 찾고 있는지도 모른다. 확실한 답은 분명 평생이 걸려도 나오지 않을 것 같다. 하지만 찾기 위해 시행착오를 거듭하는 데 의미가 있지 않을까.

이 공부방은 그 답을 찾는 여행의 출발점이 될지도 모른다. 그런 예감이 들었다.

"그럼 이렇게 하자!" 왠지 모르게 열띤 신제품 토론이 벌어지던 와중에 신지가 불쑥 제안했다. "주말까지 각자 자기만의 아이디어를 생각해 오기. 심사 위원은 아빠고, 그중 가장 좋은 아이디어를 실제로 만들어 달라고 하는 거야. 어때?"

마유리는 류노스케를 힐금 보고 나서 바로 "그러든지"라고 대답했다.

"단, 아빠한테 도움받는 건 금지야."

신지는 "당연하지" 하고 생각지도 못했다는 듯이 말했고 나도 약속했다.

"이 일에 대해서는 신지한테 조언하지 않을게. 약속해. ……그럼 다음 주 크루아상 공부방은 각자 생각한 새로운 빵에 대해 발표하기로 하자. 류노스케도 괜찮을까?"

"아, 네. 좀 떨리지만 재미있을 것 같아요."

"오케이. 주제는 '봄 신제품'으로 할게. 일단 내가 심사 위원을 맡겠지만, 우승은 다 같이 논의해서 투표로 정하는 것도 괜찮겠다. 우승으로 뽑힌 빵은 시험 삼아 제대로 만들어 볼 거고, 어쩌면 가게에도 내놓을지도 몰라."

이렇게 해서 갑작스럽게 신제품 아이디어 대결이 결정되었다.

예상치 못한 전개였지만, 새로운 빵을 구상하는 일도 하나의 공부가 될 것이다. 아니, 어떤 일이든 배움으로 이어질 수 있다. 무언가를 배우는 일은 즐거워야 하며, 자발적인 배움은 가장 큰 효과를 낳는다.

신지가 "오, 예!" 하며 양손을 번쩍 치켜올렸다.

"어쩌다 생각난 거였는데, 공부 한 번 덜 할 수 있겠네."

나도 모르게 소리 내어 웃고 말았다.

크루아상 공부방

초판인쇄   2025년 7월 1일
초판발행   2025년 7월 10일

지은이
가코야 게이이치

옮긴이
지소연

기획
조성근, 권진희, 최미진,
주상미, 김가원

편집
최미진, 김가원

디자인
진지화

표지그림
규하나(@kyuhana_)

마케팅
조성근, 주상미,
이승욱, 노원준, 조성민, 이선민

온라인 마케팅
권진희, 주상미

ⓒ가코야 게이이치

펴낸이
엄태상

펴낸곳
(주)시사북스

등록번호
제2022-000159호

등록일자
2022년 11월 30일

주소
서울시 종로구 자하문로 300
시사빌딩

전화
1588-1582

이메일
emptypage01@sisadream.com

ISBN
979-11-93873-09-0   03830